# Os Novos

# Luiz Vilela

# Os Novos

**ROMANCE**

3ª edição

EDITORA RECORD
RIO DE JANEIRO • SÃO PAULO
2023

CIP-BRASIL. CATALOGAÇÃO NA PUBLICAÇÃO
SINDICATO NACIONAL DOS EDITORES DE LIVROS, RJ

V755n
3. ed.
Vilela, Luiz
Os novos / Luiz Vilela. - 3. ed. - Rio de Janeiro : Record, 2023.

ISBN: 978-85-0111-326-9

1. Romance brasileiro. I. Título.

22-81103

CDD: 869.3
CDU: 82-31(81)

Meri Gleice Rodrigues de Souza - Bibliotecária - CRB-7/6439

Copyright © Luiz Vilela, 1971, 2023 (1ª edição Record)

Todos os direitos reservados. Proibida a reprodução, armazenamento ou transmissão de partes deste livro, através de quaisquer meios, sem prévia autorização por escrito.

Texto revisado segundo o Acordo Ortográfico da Língua Portuguesa de 1990.

Direitos exclusivos desta edição reservados pela
EDITORA RECORD LTDA.
Rua Argentina, 171 – Rio de Janeiro, RJ – 20921-380 – Tel.: (21) 2585-2000.

Impresso no Brasil

ISBN 978-85-0111-326-9

Seja um leitor preferencial Record.
Cadastre-se no site www.record.com.br
e receba informações sobre nossos
lançamentos e nossas promoções.

Atendimento e venda direta ao leitor:
sac@record.com.br

— Espero fazer uma porção de coisas esse ano — disse Nei. — Não fiz nada no ano passado; foi um ano ruim para mim.

— Todo começo de ano é assim — disse Zé: — a gente espera fazer milhares de coisas; depois chega o fim do ano, e a gente vê que tudo continua na mesma.

— Não sei — disse Nei.

— Você vai ver — disse Zé.

Nei tomou um gole da cerveja.

Lá fora a chuva continuava. O asfalto, molhado, brilhava à luz dos postes.

— Quanto a mim — disse Zé, — se eu esse ano mandar à merda aqueles imbecis do banco, já terei feito muito. Dez anos naquilo, às vezes fico pensando, dez anos; como pude aguentar? É preciso ser muito covarde...

Acendeu um cigarro.

— Eu gostaria mesmo é de virar um vagabundo, não estar ligado a ninguém nem a nada, poder ir aonde quiser e fazer o que quiser. Mas isso é só um sonho; minha realidade é o banco, onde me suicido seis horas por dia. E tudo o que faço em protesto é chegar em casa e mandar uns fedaputas no papel. Sabe? Eu sou é muito burguês.

— E qual de nós que não é?

— Eu sei, mas eu fico puto é que eu vivo me revoltando por dentro, e na prática não faço nada. Acho que tenho medo de perder essa segurança; dinheiro certo no fim do mês... E depois, também, há minha mãe, ela não pode mais trabalhar.

Zé ficou olhando pensativo para a rua.

— É, minha mãe é uma boa desculpa... "Não posso por causa de minha mãe"... No fundo, acho que estou é contente por minha mãe depender de mim: assim, eu não tenho de fazer tudo aquilo que eu vivo dizendo que gostaria de fazer.

— E como você faria, se largasse o banco?

— Não sei; arranjaria outra coisa. Vagabundagem não é mesmo possível hoje; pelo menos enquanto minha mãe estiver viva. E depois, também, não sei se eu teria coragem. Eu tentaria um outro emprego. Poderia ganhar menos, mas que não fosse um suicídio como o banco. E aí a gente se sacrificava um pouco. Minha mãe não me fez nascer? Agora aguente. Gosto demais dela, mas não vou foder a minha vida por causa disso. Me nasceram, não pedi a ninguém para nascer. Não devo nada a meu pai nem à minha mãe; não fizeram nenhum favor me parindo. Nasci porque não podia fazer nada contra isso. "A meus pais devo o precioso dom da existência." Precioso... Essa é boa...

A cerveja acabara.

— Vamos pedir outra? — perguntou Nei.

— Vamos — disse Zé.

Acenaram para o garçom:

— Mais uma Brahma!

Lá fora estava meio frio, por causa da chuva, mas dentro do bar estava bom. Era um dia de semana, e havia pouca gente.

O garçom veio: pôs a garrafa na mesa e abriu-a. Depois foi até a porta e ficou olhando a chuva.

— Essa não vai parar tão cedo... — comentou.

Os dois olharam também para fora: a chuva agora aumentava, caindo forte na rua.

— É muita chuva... — disse o garçom.

Veio voltando e parou ao lado da mesa:

— Querem mais alguma coisa?

— Eu não — disse Zé; — você quer, Nei?

— Não — e Nei olhou para o garçom: — é só isso mesmo; obrigado.

O garçom sorriu e se afastou.

— Não sei — disse Zé, — pode ser que esse ano as coisas deem certo, mas eu prefiro não fazer planos: assim, pelo menos não serei decepcionado.

O diretor se levantou:

— Pois é: é uma alegria tê-lo de novo aqui, conosco; o bom filho à casa torna...

— Eu precisava de um emprego — disse Nei.

— Rico eu não digo que você fique, mas que você não passará fome eu posso te garantir...

Os dois riram.

O diretor foi levando-o até a porta do gabinete. Então parou e olhou de novo para ele, a mão em seu ombro:

— Mas, sabe? Com toda a franqueza: esse foi um dos passos mais bem dados na direção dessa faculdade, e eu me sinto orgulhoso disso.

— Procurarei corresponder.

— Estou certo de que você corresponderá; confio plenamente em sua capacidade e na sua responsabilidade, apesar de tão jovem.

O diretor puxou-o para mais perto.

— E aí sabe o que ele me disse?

— Hum — Zé fez cara de riso.

— Ele olhou para os lados, eu até pensei que ele fosse contar alguma sacanagem, olhou assim para os lados e disse: "Uma cátedra te espera, meu filho; uma cátedra te espera..."

— Essa é boa... E você?

— Eu? Eu tive de fazer um esforço danado para não rir. Você precisava ver... Foi ótimo. Pelo menos fui honesto e disse a ele que eu peguei as aulas para ganhar dinheiro.

— E ele?

— Ele riu; ele achou que eu estivesse brincando; e foi a única hora que eu falei a sério... Ele acha que eu quero é fazer carreira, a catedrazinha lá no fim; sabe como é... Melhor para ele e para mim ele pensar assim. O que me interessa é ir ganhando os cobrinhos sem ter de trabalhar muito, e, assim, ter tempo e tranquilidade para fazer as coisas que realmente me interessam.

Uma caminhonete passou pela Avenida, com um grupo batucando na carroceria.

— O Carnaval vem aí — disse Zé. — O que você vai fazer esses dias?

— Gostaria de ir para algum lugar fora daqui. Já estou cheio dessa barulhada. Lá perto de casa tem uns que é o dia inteiro. Gostaria de viajar, mas estou sem dinheiro.

— Eu vou encher a cara; é a única coisa que eu vou fazer. Pular, eu não pulo mais, não acho mais graça. O ano passado eu ainda pulei, mas só no primeiro dia; nos outros eu fiquei bebendo. Enchia a cara, chegava completamente bêbado em casa; na última noite eu nem cheguei. Mamãe...

Na terça-feira de Carnaval encontraram-se por acaso na Avenida, entre a multidão de gente enchendo o passeio para ver o desfile das escolas de samba.

— Você sumiu...

— Por aí mesmo — disse Nei. — E você? Tem enchido a cara?

— Mais ou menos. Hoje é que eu vou lavar a égua. Mais tarde eu vou no clube do banco. Não topo aqueles caras, mas, bêbado, eu nem vejo, e eu quero é beber.

— É...

— Ali, aquela que vem naquele carro; boa, rapaz, olha só...

O carro passou, mostrando as coxas lá em cima.

— Animação, hem?...

— Fosse no Rio...

— Mineiro faz Carnaval pra não fazer desfeita...

Os carros vinham, com certo intervalo, do fim da Avenida e passavam, barulhentos e fantasiados, diante da multidão aglomerada, as pessoas mais de trás espichando o pescoço para ver, meninos trepados nos ombros dos pais, gente empurrando, discussões, começos de briga, calor, suor.

— Acho que eu já vou embora — disse Nei. — Já estou cansado, já está ficando chato.

— Embora pra onde?

— Pra casa.

— Você não quer ir lá no clube comigo?

— No clube?... — ele bocejou.

— Eu dou um jeito de te passar lá.

— Não...

— O que você vai fazer?

— Nada, vou dormir — e bocejou de novo, pensando contente que no dia seguinte já não era mais Carnaval.

— Bom, apenas como apresentação: formei-me há pouco tempo, e, sem demagogia, é mais como colega de curso do que como professor que aceitei dar essas aulas. Não vou dar aulas: vamos estudar juntos. Dizia Kierkegaard que ninguém pode ensinar nada a ninguém; é assim que...

Pronto, tinha começado. Mais fácil do que pensara. Criara o clima, abrira o diálogo, agora era só entrar com a matéria, que a coisa iria correndo por si mesma.

Ao sair do elevador, deu de cara com Vitor, no saguão cheio de gente:

— Mestre Nei... Agora a gente tem de tirar o chapéu...

Os dois se abraçaram.

— Arranjou essa boca, hem?...

— Pois é... Mas e você, como que foi lá, a praia? Muita mulher boa? Você disse que me escreveria, seu sacana...

— Disse mesmo, mas eu sou muito preguiçoso. Eu... Olha aí quem vem chegando...

Ricardo abriu os braços:

— Ê lá em casa, hem!... Tudo bom, gente?...

— Você engordou, bicha...

— Você sabia que o Nei agora é um dos ilustres e digníssimos mestres desta ilustre e digníssima casa de saber?

— Você, Nei? Não sabia, não. A última vez que nos encontramos você estava querendo ir para o Rio...

— Ó! — exclamou Vitor. — Cesse tudo o que a antiga musa canta!

Era Martinha.

Pouco a pouco, a turma toda ia aparecendo. O saguão estava movimentado e barulhento.

— Todo mundo tomar cafezinho! — gritou Vitor.

No pátio, o mesmo movimento, grupinhos de alunos conversando, gente indo para a cantina ou voltando, brincadeiras, correrias, gritos.

— Ê vida boa... Essa vida é muito boa; é ou não é, hem, Joyce?

— Fala, Maiakóvski.

— Quantas obras-primas você escreveu nessas férias?

— Nenhuma, prima. Estou agora é me preparando para começar meu romance.

— E seu livro, Vitor?

— Só falta embrulhar e mandar para a editora.

— Ouvi dizer que você ia publicar por conta própria...

— Eu? Quem disse isso? Só tenho dinheiro para tratar da minha mulher, meu filho e meus chopes.

— Principalmente meus chopes.

— Principalmente meus chopes, mas não espalha.

— Poeta das massas: massas de macarrão.

— Uma macarronada tem seu lugar.

Na cantina, completamente cheia, encontraram Queiroz: mais abraços, perguntas, risadas. Com muito custo, conseguiram os cafés. Foram para um lado em que havia menos gente.

— Mas então, pessoal? — disse Queiroz. — O que vocês contam? Quais são as novidades?

— Uai, Queiroz — Vitor chegou perto dele: — parece que tem mais dois fios de cabelo branco aqui em cima...

— Esses já tinha no ano passado... — e Queiroz riu, com a complacência de seus quarenta anos. — Pensei que vocês fossem consertar um pouco nessas férias, mas, pelo que vejo...

— E o Zé, hem? — estranhou Martinha.

— Deve estar lá, socado naquele quarto — disse Vitor.

— É um louco — disse Ricardo, — o Zé é um louco. Todo mundo louco, neurótico.

— Falou a voz da ignorância científica social.

— Se está todo mundo louco, como que a gente vai saber o que é a loucura?

— Sai dessa, sociólogo; a Martinha agora te chegou na parede; essa menina é fogo.

— Chegou na parede, não, é uma questão de ênfase, entenda-se; quando a gente diz todo mundo...

Devolveram as xícaras, pagaram e foram voltando.

Era uma bela manhã, o céu muito azul, o sol claro e a temperatura fresca.

— Nunca vi um dia tão lindo... — disse Martinha.

Haviam parado no pátio e olhavam o movimento.

— É — comentou Nei, — é disso que eu estava precisando: dessa bagunça, dessa agitação... Isso me faz bem...

— E as calouras? — disse Vitor. — Tem cada uma que, eu vou te contar... Elas estão muito melhores do que as do ano passado. Olha essas que vêm aí...

Duas meninas foram passando: uma viu que estavam sendo observadas e deu um sorriso; depois comentou com a outra, que então olhou para trás e sorriu também.

— Viu? — disse Vitor, entusiasmado. — Já estão dando bola...

— Você não tem jeito, não, Vitor... — Queiroz ria. — Um sujeito como você, casado, pai de um menino...

Vitor abraçou-o:

— Queiroz, Queirozinho... Sabe que eu estava morrendo de saudade de você, né, Queiroz?...

— Sei... Eu sei disso...

— Escuta, gente: e a nossa revista? — lembrou Ricardo. — Nós vamos continuar ou não? O que vocês acham?

— Eu acho ótimo — disse Nei.

— Claro — disse Vitor; — nem se pergunta. Andei bolando umas coisas aí, vocês vão ver depois: são geniais. A gente pode fazer milhares de coisas.

— Precisamos falar também com o Zé e com a Dalva.

— A Dalva? Ela está aí? Pensei que ela estivesse no interior, fazendo subversão.

— Fala baixo, tem dedo-duro pra todo lado nessa faculdade...

— Por falar em dedo-duro, vocês viram? Estão planejando uma nova Marcha da Família com Deus pela Liberdade.

— É mesmo? Onde você leu isso?

— Gente — disse Martinha, — já estou com fome, vamos descendo?

— Eu também — disse Queiroz; — minha barriga já está roncando.

— E o chope? — perguntou Vitor. — Será possível que a gente vai passar esse dia sem tomar um chope?

— Mas é claro que não — disse Ricardo.

— É evidente — disse Nei.

— Então *let's go* — disse Vitor, e foram andando para o ponto do ônibus.

— Governo? — disse Jorge, um dos professores na sala. — Você ainda tem coragem de chamar a isso de governo?

— E por que não? — respondeu Pinheiro, o outro professor.

— Governo é o que faz pelo menos alguma coisa; e o que esse fez até agora?

— O que esse fez? Muita coisa. Por exemplo: a corrupção que havia antes, corrupção pública e notória.

— E você vai me dizer que não há corrupção agora?

— O clima de intranquilidade em que a gente vivia, a agitação. Greve, a gente só ouvia falar em greve: greve dos estivadores, greve dos sargentos, greve dos tecelões, greve de não sei mais o quê.

— Sinal de que havia liberdade, de que se podia fazer greve. E agora?

— Liberdade ou anarquia?

— O que você chama de anarquia?

— Isso aqui estava virando uma nova Cuba, Jorge, você não vê?

— Que nova Cuba, Pinheiro; deixa de lado esses chavões baratos, rapaz.

— O governo fez uma limpeza nesses comunas.

— Limpeza... Triste limpeza...

Até que era gostoso ficar ali, naquela sala, sentado naquelas poltronas macias, discutindo política ou filosofia. Mas ainda não se integrara bem no seu papel de professor e, enquanto isso, preferia ficar mais escutando do que falando.

— E você, Nei? — Pinheiro voltou-se para ele. — Você também não acha que é assim?

— Não sei — disse, e fez um ar cético: — política é domínio do contraditório.

— Exato — concordou Pinheiro; — é o que eu sempre digo: domínio do contraditório, da multiplicidade de opiniões e julgamentos.

— Aliás, como tudo que é humano.

— Como tudo que é humano — repetiu Pinheiro.

Não é que estava saindo-se bem?

Pois era isso: assumir o seu papel, impor respeito, representar direitinho a peça:

— Podemos falar em valores estéticos? Podemos falar num valor estético como falamos num valor ético? Não dizemos que um quadro é bom, como dizemos de uma pessoa que ela é boa? Não emitimos um juízo de valor?

— Professor — um aluno levantou a mão.

— Pode dizer.

— Nós julgamos um quadro, como o senhor disse; mas esse julgamento é baseado no que sentimos ou em algo que está no próprio quadro?

— Bom, esse é exatamente o nó górdio da questão.

Nó górdio: bacana.

— Se o julgamento é de ordem puramente subjetiva ou se ele se prende à objetividade da obra. Uma sinfonia de Beethoven é bela porque ela tem em si determinados elementos que constituem isso que eu chamo de "beleza", ou é bela apenas porque eu a acho bela? "O belo para o sapo é a sapa", dizia Voltaire.

Risadas, uma frase dessas de vez em quando, professor simpático, boa-praça, a turma à vontade.

— Tudo isso envolve o complexo problema do relativismo axiológico.

Relativismo das axilas?

— Relativismo axiológico, ou seja: existem valores absolutos ou todos os valores são relativos? Protágoras: "O homem é a medida de todas as coisas." Verdade além dos Pireneus, mentira aquém dos Pireneus.

— E qual é a posição do senhor, professor?

— Minha posição? Por enquanto em pé, mas daqui a pouco vou me assentar.

A turma riu de novo.

— Bem, deixando de lado a piada, o fato é que minha posição não importa aqui; o que importa é que vocês percebam o problema e o meditem por conta própria, compreendem?

No apartamento de Ricardo:

— Eu escrevo umas merdinhas aí e vou dizer que sou escritor? — comentava Zé. — Escritor é um sujeito como Balzac, como Dostoiévski, como Faulkner. Eles escreveram uma obra.

— Bom, mas nós ainda estamos no começo — lembrou Ricardo. — No começo eles também não eram nada. Ainda escreveremos uma obra. Ainda seremos futuros Balzacs, Dostoiévskis, Faulkners.

— O dia que formos, eu direi que somos escritores.

— Você é um louco, Zé.

— Louco por quê?

Nei, no outro canto da sala, lia o último número da *Revista Civilização Brasileira*. Acabou um artigo, encostou a revista e deu uma espreguiçada.

— Gente, e a Dalva? Será que ela vai dar o cano hoje? Ela sempre chega atrasada, aquela mulher.

Dalva pôs a cara na porta:

— Falando mal de mim, né? Peguei no flagra.

— Olha ela aí. Sua irresponsável; isso são horas? Oito e meia já, senhorita Dalva.

— Tudo certinho, gente? — Dalva acabou de entrar.

— E o Vitor, não chegou ainda, não?

— O Vitor deve estar por aí, em algum bar, bebendo. Vamos esperar mais um pouco. Puxa uma cadeira e senta. Estamos em altas discussões; uma tertúlia literária.

— Que bicho é esse?

— O nosso nobre colega Ricardo estava fazendo de público uma declaração sobre a grandeza e a miséria das cortesãs; digo, dos escritores...

— Não há muita diferença.

— A cuja insigne grei pertencemos, quando o nobre colega Zé, aqui presente, solicitou um aparte para dizer, com certa ironia, como sói acontecer nesses ilustres debates, que tal apodo de "escritor" soa um tanto quanto excessivo para a nossa humilde condição de meros aprendizes da grande arte dos Homeros e Dantes e Balzacs e Dostoiévskis...

— Agora traduza, que não entendi nada.

— Escritor... — insistiu Zé. — A gente escreve umas coisinhas aí e vai dizer que é escritor?

— E o que nós somos então? — perguntou Ricardo.

— Nós escrevemos, simplesmente.

— E quem escreve, o que é?

— Essas é que são as altas discussões literárias em que vocês estavam?... — gozou Dalva. — Pensei que vocês estivessem discutindo sobre o "nouveau roman", ou sobre Beckett, ou sobre...

Ouviram passos na escada.

— O Vitor está chegando...

— Senhores membros do conselho de sentença — Vitor parou na porta: — por acaso é aqui uma reunião de gênios para tratar de assuntos referentes a uma genial revista chamada *Literatura*?

— Pinguço não entra.

— Ainda bem que eu não bebo... Já conversaram alguma coisa?

— Tem uma cadeira lá no quarto — disse Ricardo; — vai lá pegar.

Vitor foi; voltou com a cadeira.

— Bom, vamos começar — disse Ricardo. — Declaro aberta a sessão; a palavra está franca, podem começar a falar besteira.

— Primeiro de tudo que nós temos que ver — disse Nei: — quem vai entrar nesse número?

Quem, quais os trabalhos, quanto ficaria para cada um — bom, isso eles só poderiam saber depois de levar o material à gráfica.

— Então fica assim: até terça todo mundo com o material pronto; quarta nós levamos na gráfica para fazer o orçamento, e sexta que vem nós tornamos a nos reunir aqui para decidir o resto. Mais alguma coisa? Alguém tem alguma sugestão a dar?

— Eu tenho — disse Vitor: — a gente tomar um chope.

Ricardo não podia ir, tinha de acabar um trabalho para entregar no dia seguinte na faculdade. Foram os quatro.

Escolheram o Lucas, no Maleta.

Nei e Dalva de um lado da mesa, Zé e Vitor do outro lado.

Chope e fritas.

— Manda sal aí, bom é bem salgadinho.

— Vai ficar bom esse número, hem? — disse Vitor.

— Mas, também, com esses gênios... — disse Nei. — O duro é o dinheiro, senão a gente podia fazer melhor ainda. Se a gente conseguisse uma ajuda...

— Quem vai querer ajudar? — disse Zé. — Não lembra como nós pelejamos no ano passado? Ninguém se interessa por isso.

— Não devia ser assim — lamentou Vitor.

— Não devia, mas é — disse Zé. — O fato é que é assim. Não se interessam. Não temos nome. Não somos nada ainda. Que importância temos nós para eles? Que importância têm as nossas coisas? Nenhuma.

— De certo modo, eles têm razão — concedeu Nei: — eles não querem se arriscar, assim, sem mais nem menos; a gente tem de reconhecer isso também.

— Agora, que precisamos publicar — continuou Zé, — eles não dão um centavo; um dia enfeitarão a sala com os nossos livros.

— Não sei — disse Dalva, — tem hora que eu fico pensando para que serve tudo isso, se isso afinal tem mesmo algum sentido...

— Isso?...

— Isso que a gente faz, as coisas que a gente escreve. Para que, afinal, que a gente escreve? Volta e meia estou pensando nisso. Às vezes acho que escrever não tem importância nenhuma. Pior: que escrever é uma fuga, um meio de fugir à vida.

— Estou lembrando do que ouvi há pouco tempo numa livraria — contou Zé; — um sujeito que estava atrás de mim, falando com outro: "O homem não foi feito para escrever livros, o homem foi feito para ler." E o outro: "De fato."

— Às vezes fico pensando para que serve um livro — continuou Dalva. — Já cheguei até a pensar que se poderia queimar todos os livros que foram escritos até hoje, que eles não fariam a menor falta à humanidade.

— Queimar a *Bíblia*, Homero, Shakespeare...

— Tudo.

— Você está doida.

— Não estou, não, mas talvez esteja ficando.

— Somos todos uns loucos, como diz o Ricardo.

— É a única coisa que ele diz — observou Zé: — somos todos uns loucos. Diz isso o dia inteiro; umas quinhentas vezes por dia.

— Somos?

— Quem poderá dizer? Nós?

— Eu sou — disse Vitor: — louco por um chope.

— Você só pensa em chope, hem, Vitor? — Zé olhou para ele. — Você parece não levar nada a sério, a não ser o chope.

— Vá à merda, Zé. Você acha que para levar as coisas a sério é preciso usar óculos escuros, falar em angústia e ficar citando Sartre?

— Quem fica citando Sartre?

— Os gênios geniosos... — comentou Dalva.

— Você faz esses seus poemas sobre a miséria do povo e não sei mais o quê — continuou Zé, — mas só fica aí, tomando chope. Engajamento... Engajamento é uma questão de vida, e não de papel. Escrever sobre a fome é fácil; lutar contra a fome é que são elas.

— E você? — perguntou Vitor. — O que você faz? Você também não vive falando em engajamento? Então cadê o seu engajamento?

— Ainda não tive coragem para fazer o que eu quero — respondeu Zé; — mas pelo menos não fico fazendo demagogia e me dizendo engajado. Pelo menos tenho a coragem de reconhecer a minha covardia.

— Coragem de reconhecer a minha covardia... — Vitor riu. — Grande coisa... Você deve se sentir absolvido de tudo por isso... E de que adianta essa coragem? É ela que vai acabar com a miséria do povo?...

— A gente fala em miséria do povo como se a gente soubesse o que é isso... — disse Dalva.

— E não sabe, não? — disse Vitor. — Não sabemos talvez tudo, mas sabemos o bastante para não ficarmos calados e para denunciarmos. Aliás, acho que esse é o nosso papel.

— Um belo papel — disse Zé; — além de não passarmos fome, ainda temos esse privilégio. Até que é interessante...

— A ironia não leva a nada, Zé.

— E quem disse que eu quero ser levado a alguma coisa?

— E seu romance? — perguntou Dalva, enquanto os dois iam descendo a Espírito Santo para o ponto do ônibus.

Zé e Vitor vinham atrás: "Você sabe que Marx traçava bem uma cerveja?", dizia Vitor.

— Venho tomando algumas notas. Quero também ler alguns romances antes de começá-lo.

— Nei, ô Nei, o Zé está dizendo que eu estou sacando. Eu disse a ele que Marx era um grande bebedor de cerveja. Não era? Você também não sabe disso?

— O que ouvi dizer é que ele fumava charutos feitos no Brasil. Em matéria de bebida, eu sei é de Nietzsche: ele disse que a metafísica alemã nasceu da cerveja.

— "Olha que não há mais metafísica no mundo senão chocolates." Fernando Pessoa, "Tabacaria".

— "A metafísica é uma consequência de estar mal-disposto." Idem, ibidem.

— "A metafísica é o teto de uma casa sem teto."

— Dele também?

— Não, esse é meu — disse Vitor.

— Está se vendo — disse Zé; — fraco desse jeito...

— Se eu dissesse que era do Fernando Pessoa, todo mundo ia achar genial, aposto.

— Ainda bem que você não disse, senão Fernando Pessoa ia cair no meu conceito; um verso besta desses... Como que é mesmo? "A metafísica"...

— Mas e aí, seu romance... — tornou Dalva.

— Como eu te disse: só umas notas. Mas tenho pensado nele, elaborado mentalmente. Acho que lá para maio eu começo. Um romance não é fácil. Claro: se eu fosse só contar uma história, só fazer um desses romances de que todo dia aparece um novo nas livrarias, não teria nenhum problema; era só sentar e fazer um pouco de força, que o cocô saía.

"Você é radical demais", dizia Vitor atrás. "Por que você não vai no Consulado Americano e joga uma bomba lá?"

— Mas também não será nenhuma dessas frescuras cerebrais que andam por aí. Nem merda nem veadagem. Quero fazer uma coisa minha; uma coisa viva e verdadeira. É isso o que eu quero.

"O que acontece é que esse pessoal que quer fazer arte popular acaba fazendo uma coisa..." — "Que não é arte nem é popular, não é isso? Eu também acho." — "Não se trata de descer até o povo, mas de criar condições para que o povo se eleve até nós. Uma obra, por exemplo, como o *Finnegans Wake*, de Joyce..." — "Não li." — "Eu também não, mas já li sobre, e alguns trechos esparsos, em tradução; uma obra como o *Finnegans Wake*, complexíssima, obscura, só uns poucos podem entender..." — "Eu sei; o próprio Marx dizia que"...

— Os dois continuam discutindo até agora — disse Nei.

— Esquerda festiva — disse Dalva.

— Esquerda festiva e manifestiva.

— Manifestiva?

— Que assina manifestos.

"Num mundo onde há tanta fome, tanta miséria..." — "Exatamente; é o que Sartre disse há pouco tempo: como escrever romances num mundo em que há não sei quantos milhões de pessoas passando fome? É por isso que eu digo e repito: o principal é a revolução."

Dalva virou-se para trás:

— Essas palavras perigosas: fala baixo, senão eles prendem a gente...

— E a revolução — continuou Zé, — se faz é com armas.

— O que você chama de armas? — perguntou Vitor.

— O que eu chamo de armas? Fuzil, baioneta, bomba, canhão. Isso é o que eu chamo de armas.

— E ideias, palavras? Não são armas também, não?

— "A revolução se faz é com bombas", diz Camus, em Os Justos.

— Camus; pois é, Camus, que passou a vida toda escrevendo, que nunca jogou uma bomba, que eu saiba. E você vai dizer que o que ele escreveu não adiantou nada?

— Você está me achando com cara de idiota?

— Discussões inúteis... — comentou Dalva.

— Por que inúteis, Dalva? — perguntou Zé.

— Inúteis...

— E o que não é inútil?

— Viver.

— Viver? Essa não! Viver é a própria inutilidade, a própria besteira.

— Se é assim, por que você não se suicida?

— Porque é outra besteira.

— Então o que não é besteira?

— Meu reino por essa resposta.

— "Somos todos uns loucos" — citou de novo Vitor.

— Loucos... — resmungou Zé. — Estou cansado de ouvir essa frase do Ricardo. E ele só fica dizendo isso,

parece que é a única coisa que ele sabe dizer. Loucos...
Loucos por quê? Loucos são os outros.

— O que é um louco? — perguntou Vitor.

— A julgar pelo que eu aprendi até agora — disse Zé,
— louco é o sujeito que vive fora da realidade. Nós vivemos fora da realidade?

— Acho que vivemos até dentro demais — observou
Nei; — e isso talvez seja um outro tipo de loucura.

— Kafka era um louco?

— Pergunte à família dele — disse Zé.

— Ela disse que é — contou Nei.

— E ele? — perguntou Vitor.

— Que sabe um louco da própria loucura?

— Ele disse isso?

— Eu é que estou dizendo — esclareceu Nei.

— Uma coisa é certa — concluiu Vitor: — ou somos
loucos ou então gênios. Escolham.

— Prefiro não ser nenhum dos dois — disse Dalva.

— Eu preferiria não ser, simplesmente — disse Zé; —
mas agora é tarde.

— Morrer...

— Dormir, sonhar, etcétera.

— Morrer é um troço besta — disse Nei.

— O que não é besta, gente?

— Palavras, palavras, palavras... — disse Dalva. —
Enquanto a gente conversa a vida passa...

— Conversar também é vida.

— Pode ser, mas que vida pequena... Há tantas coisas
maiores do que isso... Por exemplo: estar deitada numa
praia, ouvindo o barulho das ondas do mar...

— Nostalgia do mar — disse Vitor; — todo mineiro tem isso. Ou talvez todo homem. Um filósofo grego disse que o homem veio do peixe.

— Empédocles — disse Nei.

— Empédocles é o nome do peixe?

— Do filósofo, seu burro.

— Pensando bem, é melhor do que ter vindo do macaco — refletiu Zé; — mais estético.

— Mar, praia — continuou Dalva, — isso sim é que é viver... Essas montanhas sufocam a gente. Por isso é que todo mineiro é neurótico. Isso aqui não é lugar para se viver. Belo Horizonte é como disse aquele sujeito: "Não sei o que essa cidade veio fazer aqui."

— Pois eu gosto daqui — disse Zé.

— Como que alguém pode gostar daqui, Zé? Acho que eu não aguento mais um ano, Deus me livre. Meu ônibus.

— Você vai sozinha?

— Ainda é cedo.

— Sexta que vem, hem? Certo? Tiau.

Os três foram subindo de volta.

— A Dalva é obcecada por mar — disse Nei.

— Todo mineiro — disse Vitor.

— Eu não sou — disse Zé. — Gosto de mar, mas gosto também de montanhas. Não tenho nada contra elas. Nasci entre elas, sempre vivi entre elas e não penso em mudar-me. O que têm as montanhas de mau? Elas são tão belas quanto o mar.

— Um desses políticos mineiros mais antigos, não sei quem — lembrou Nei, — disse que Minas é bom para nascer, mas não para ficar.

— Pode ser — disse Zé. — Mas eu não penso em sair daqui. Kafka passou a vida enterrado em Praga, e foi Kafka.

— O pior daqui é o provincianismo — lembrou Vitor; — coisas como a TFM.

— Isso é mesmo — concordou Zé; — principalmente família. Família é uma coisa... Um dia desses eu disse para minha mãe que, se eu tivesse nascido mulher, eu ia ser é prostituta.

— E ela: "Prostituta? Ah, ainda bem: pensei que você tivesse falado protestante."

— Ela abriu cada olho... Mas é sério mesmo, é isso o que eu ia ser: prostituta. E aí eu ia dar que nem galinha.

— Por isso não, ainda é tempo.

— Ai, chata...

Eles riram.

Nei pegou a mala e foram andando, por entre o movimento da rodoviária.

— Mas então, como ficaram todos lá? Mamãe está boa? E o senhor, mais animado?

— Animado?... — o pai sorriu triste. — As coisas estão ruins, Nei.

— Isso é com quase todo mundo hoje.

— Os prejuízos foram grandes.

— Mamãe me escreveu.

Havia um táxi no ponto. O chofer saiu e guardou a mala. Eles entraram.

— Hotel Metrópole; na Rua da Bahia.

— Foi triste — continuou o pai; — não choveu nada, só salvou um pouco do arroz.

— E o milho?

— Plantei pouco milho esse ano.

Ficaram um momento calados.

O táxi havia parado num sinal; as pessoas atravessavam depressa.

— Quando foi mesmo a última vez que o senhor esteve aqui?

— Sessenta; quando vim comprar o trator.

— Então o senhor deve estar notando alguma diferença na Avenida...

— As árvores? Isso eu já sabia pelos jornais.

— Ficou mais bonito ou mais feio?

— Não sei... Diz que assim é melhor para o trânsito, mas com as árvores era mais bonito...

— Ficou outra coisa — entrou o chofer. — Nem se discute. Quem tem carro aqui é que sabe; uma cidade que cresce como essa, a quantidade de carros que tem hoje...

Na portaria do hotel acertaram tudo.

Subiu com o pai até o quarto, conversaram mais um pouco, e então se despediu, com a promessa de voltar à tarde para jantarem.

Encontrou-o já embaixo, na portaria, lendo um jornal.

— Descansou?

— Descansei — o pai sorriu.

— Vamos jantar?

— Vamos.

Ele pensou em uns dois ou três restaurantes; mas, por sugestão do pai, acabaram resolvendo jantar àquela noite no restaurante do hotel.

Olharam o cardápio; decidiram por um filé com arroz e fritas.

— E uma cervejinha? — perguntou Nei.

— O médico proibiu bebida alcoólica por uns tempos.

— Proibição rigorosa?

— Rigorosa não, mas... — o pai sorriu condescendente: — que não devia abusar...

Nei fez sinal para o garçom.

— Dois filés com arroz e fritas; e uma Brahma, bem gelada.

— Malpassados ou bem-passados os filés?

Nei olhou para o pai.

— Nem bem-passado nem mal — o pai explicou.

— Sei — disse o garçom. — Os dois?

— É — disse Nei; — os dois. E a Brahma você traz bem geladinha.

— Pois não — disse o garçom, e foi providenciar.

Nei espetou uma azeitona.

— Está bom aqui, né? — disse o pai, contente.

— Está.

— Melhor talvez do que se a gente tivesse ido a um desses restaurantes chiques. Gosto assim, de lugares mais simples.

— Eu também.

— Parece que a gente se sente mais à vontade.

— É.

O pai ficou olhando para o salão.

— Aquela vez nós sentamos foi ali, não foi? — apontou para o lugar perto da janela.

— Foi? Não sei, não estou bem lembrado. O senhor tem melhor memória para essas coisas do que eu.

— Foi, sim; foi ali, naquela janela. Lembro até do que nós comemos.

— Isso eu também lembro: sopa de galinha, não foi?

— Foi.

— Mamãe que pediu.

— É.

— Mamãe gosta de uma sopa...

— Gosta mesmo.

— Ela não pode ver uma sopa dando sopa...

O pai riu.

— Depois do jantar nós fomos dar uma volta pela Avenida e tomamos um cafezinho lá no Café Pérola — continuou lembrando. — Ainda existe o Café Pérola?

— Existe. Quer ir lá depois, tomar um café?

— Depois do jantar? Vamos, sim.

A Brahma veio — bem geladinha. Não demorou, veio a comida. Estava boa, e comeram bastante.

Agora iam calmamente pela Avenida. Era uma noite fresca, agradável de andar. De vez em quando paravam e olhavam as vitrines.

— Aquilo é o preço? — o pai se espantava.

— O senhor não viu nada ainda; tem outras muito mais caras.

— Mais caras do que isso? Nossa Senhora...

Iam devagar.

Nei acendeu um cigarro. Estava contente de estar ali com seu pai, já velho e de cabeça branca, os dois andando despreocupados pela Avenida naquela noite fresca de abril. Estava contente de que aquele fosse o seu pai e ele seu filho.

— O senhor decerto já soube que vão tirar os índios do Edifício Acaiaca...

— Os índios? — e o pai olhou para o prédio no outro lado da rua, com as caras dos índios incrustadas no alto. — Uai, mas por quê?...

— Porque eles estão cuspindo nas pessoas embaixo.

O pai abanou a cabeça, ficou rindo.

33

— Essa é boa... Porque estão cuspindo nas pessoas embaixo... Vou fazer esse pega com sua mãe, quando eu voltar... — e já antegozando: — ela vai cair direitinho...

— Como o senhor caiu...

— Como eu caí... — reconheceu o pai, rindo.

— Está bem — concordou Queiroz; — mas então me diga qual que é a missão do escritor.

— Lutar pela libertação de seu povo — disse Vitor, — essa é que é a missão do escritor.

— Essa é a missão do político — discordou Queiroz; — a missão do escritor é escrever.

— Escrever sobre o quê? Sobre flores, passarinhos e os suspiros da amada, enquanto a Bomba está suspensa sobre as nossas cabeças como a espada de Dâmocles?

— Dâmocles... — Nei riu. — Te pago um cafezinho agora, Vitor, se você me disser o que é a espada de Dâmocles...

— Vá à merda, porra.

— E você acha que escrever vai mudar isso, Vitor? — voltou Queiroz.

— Deixa de ser reaça, Queiroz.

— Reaça por quê? Só quero dizer que dou muita importância à forma, simplesmente isso.

— Importância à forma todos nós damos — disse Vitor; — do contrário, não seríamos escritores.

— E então? Não é isso o que eu estou dizendo? — e Queiroz voltou-se para Nei: — Não é, Nei?

Nei sacudiu a cabeça, concordando.

Estavam no saguão; era intervalo de aula.

— E o livro que eu te indiquei — perguntou Queiroz; — você já começou a ler?

— Já — disse Nei; — já comecei e já parei: uma droga.

— Puxa — Queiroz abriu os braços: — vocês estão contra mim hoje. Isso é um complô ou o que é? Um me chama de reaça, o outro...

— O que você quer que eu diga, se eu achei mesmo o livro uma droga? Você quer que eu diga que eu achei ele bom?

— Vocês são muito autossuficientes — disse Queiroz. — Eu sei, eu também fui assim nessa idade. Autossuficiência é própria dos jovens.

— E o que é próprio dos velhos?

Queiroz avermelhou, seu rosto ficou sombrio.

— Escuta, gente, vamos tomar um cafezinho ali — Vitor procurou melhorar.

Queiroz olhou as horas: disse que não podia, tinha de dar aula.

Foram os dois.

— Ele ficou puto — disse Vitor.

— Foda-se — disse Nei. — Já estou cheio desses comentários dele, dos "eu também fui assim" e "eu também já passei por isso". Só porque tem quarenta anos e alguns cabelos brancos, ele acha que tem o direito de ficar dando conselhos para todo mundo. Vá à merda.

Vitor pediu os cafés:

— Tomar cafezinho é a única coisa boa que se faz nessa escola. Para que mais que ela serve? Estudar? Estudar o quê? Com quem? Com aqueles gagás lá em cima? Ao invés de a gente aprender, a gente desaprende. Por isso é que eu mato quase todas as aulas. É até um dever.

Havia outras pessoas na cantina. Nei ficou olhando para uma menina loira, de cabelos curtos.

— Muito bonitinha essa menina — disse Vitor. — Ela é caloura lá do meu curso. Você conhece ela? Ela está te olhando.

Ao saírem, tornou a olhar para ela: ela estava olhando para ele.

No dia seguinte tornou a encontrá-la na cantina, na mesma hora, como se tivessem combinado.

— Você faz Letras? — ele perguntou.

Ela sorriu, sacudindo a cabeça. Era linda.

— O Vitor me disse.

— Vitor é aquele rapaz que estava com você ontem?

— É...

— Eu já li uma poesia dele.

— Onde?

— Numa revista aí.

— *Literatura?*

— Essa mesma — e ela olhou intrigada para ele: — como você sabe?...

— Eu também estou lá.

— Você? Na revista? O que é seu lá?

— Um conto.

Ele disse qual.

— Eu li, gostei muito. Então é você?... — ela o olhava com admiração. — Que bacana... Eu não sabia...

— Agora vou escrever um romance.

— Romance?... — ela ficou mais admirada ainda. — Que bárbaro!...

— A gente tem que resistir — disse Nei. — Há um desalento aqui que vai roendo a gente por dentro como um câncer. Quando menos esperar, estamos aí, mortos como uma porção de gente. Essas montanhas são os muros de um cemitério.

— Ou então de um hospício — disse Zé. — A quantidade de loucos que existe em Minas é uma coisa incrível.

— O famoso equilíbrio mineiro...

— É, mas também quando desequilibra... É cada neurose...

— Esborracha no chão...

— Minas dos tarados e das beatas...

— E das bichas: segundo me disse um psiquiatra, meu amigo, está provado que Belo Horizonte é atualmente, em proporção, a capital do país com o maior índice de homossexuais.

— A cidade que mais bebe no Brasil: provado também estatisticamente.

— Que se pode fazer aqui senão beber, encher a cara até arrebentar? Ou a gente faz isso ou então some daqui; não há outra alternativa.

— É... — disse Zé. — E, apesar de tudo, eu gosto daqui... Parece incrível, mas gosto. Gosto das montanhas, gosto das noites tranquilas e frescas de Belo Horizonte. Acho que tenho vocação para monge. Para monge e para vagabundo, as duas coisas...

Nei riu.

— Pode ser que eu também vá embora daqui um dia; mas atualmente não penso nisso. Meu problema concreto hoje é sair do banco. É isso o que eu preciso fazer. O resto pensarei depois, dependerá disso.

Zé pegou o copo de chope e tomou um gole demorado. Nei fez o mesmo. Ficaram observando as outras mesas, ao ar livre, sob barracas, na penumbra da noite.

— O Monjolo está virando puteiro... — disse Nei.

— E daí? Você tem alguma coisa contra as putas?

— De modo algum; antes, pelo contrário. Tem duas boas ali, naquela mesa; estão dando uma bola...

Zé olhou.

— Não posso nem pensar nisso. Estou mais duro que não sei o quê. Só dá para tomar mais uns chopes.

— Putas do mundo inteiro, uni-vos.

— Como dizia Marx.

Nei pegou o cigarro, ofereceu a Zé. Acendeu os dois. Pôs o fósforo no cinzeiro de louça, com propaganda da Cinzano.

— O Vitor disse que ia dar um pulo aqui; será que ele vem? Ele ficou de ir lá na gráfica hoje, pegar as provas da revista.

— Faz muitos dias que não encontro com ele — disse Zé. — Não tenho ido à faculdade. O que ele tem feito? Além de beber, evidentemente...

— Não sei. Ele está esperando a resposta da editora. Ele disse que, enquanto não tiver a resposta, ele não poderá escrever mais nada.

— O que tem o cu a ver com a calça?

— Ele me disse isso; enquanto não tiver a resposta, ele não poderá escrever.

— O Vitor é um ingênuo; ele tem esperança de que aceitem o livro... Eu nem tento mandar minhas coisas, sei que não publicam mesmo. Além do mais, eu teria de datilografar tudo a limpo, dá muito trabalho. Serei um autor póstumo. Eles me descobrirão um dia, depois que eu estiver morto.

— E de que te adiantará isso?

— De que me adiantará? Não me adiantará nada. Adiantará para eles: "O que nós estávamos perdendo..."

— O que interessa é agora.

— Não vou mendigar editores.

— A gente tem que arriscar, Zé; ou você espera que um editor venha te procurar um dia em casa para te pedir os originais?

— Não, não espero; mas também não irei a eles implorar. Sou muito orgulhoso.

— E o que você ganha com isso?

— O que eu perco?

— Você perde: se você não manda suas coisas, você não terá chance de publicar, e você não publicando, você não terá chance de ser lido; e não é para ser lido que você escreve, que nós escrevemos?

— Você dá muita importância a isso, Nei.

— Por que dou muita importância?

— Não faz falta a ninguém o que nós escrevemos. Ninguém estará pior por não ler as nossas coisas.

— Não estou tão certo disso.

— Pois eu estou.

— E o que faz falta então?

— O que faz falta? Comida, roupa, casa, isso é o que faz falta. Literatura não mata a fome de ninguém.

— Há outras fomes.

— Eu só conheço uma: essa que faz doer a barriga e dá vontade de roubar e matar.

— Você fala como se já tivesse passado fome alguma vez...

— É preciso ter passado fome para saber que ela existe? Basta andar na rua de olhos abertos.

— Se você pensa assim, por que você não para de escrever e vai pegar na enxada?

— É isso que eu fico pensando.

— Pensar não resolve.

— Não. Nem discutir. O que resolve são atos.

— Então por que você não age? Você vive falando em pegar a metralhadora e fazer a revolução, mas não é capaz de largar um emprego no banco, um emprego que você chama de suicídio.

— O problema é meu.

— Eu sei que o problema é seu; mas não estamos aqui discutindo de quem que o problema é, se meu ou seu ou de quem quer que seja. Quem fala o tempo todo em ação e não age é um mentiroso, um impostor. Não estou dizendo que você é isso, claro, mas estou dizendo que... O sujeito tem que ser coerente.

— Por que tenho que ser coerente? O que me obriga a ser coerente? Merda pra coerência.

— E tudo está respondido. Assim é fácil.

— Foda-se. Eu respondo por mim.

— E o que interessa isso para os outros, os que estão precisando de comida, roupa e casa?

Vitor chegou:

— Saudações cordiais. De quem que vocês estão falando mal aí? De mim? De mim não pode ser, porque sou um homem sem mácula.

— O Imaculado Conceição.

— Não tem garçom nessa joça?

O garçom apareceu.

Vitor pediu um chope.

— E mais um filé a palito também.

Acendeu um cigarro.

— Você foi na gráfica? — perguntou Nei.

Vitor bateu a mão na testa.

— Já sei: não foi.

— Esqueci completamente...

— É por isso que as nossas coisas não saem: um esquece, o outro dá o cano, outro enrola.

— Poxa, também um dia a mais, um dia a menos, que diferença faz? Não é por causa disso que o mundo vai vir abaixo.

— Se a gente pensa assim, a gente acaba não fazendo nada.

— Quando que o sujeito ficou de entregar? — quis saber Zé. — Hoje?

— Que hoje — disse Vitor; — a semana passada, sábado. Depois ele disse que era segunda, depois terça, depois sexta. Primeiro foi o linotipista que ficou doente, depois o sujeito, depois o filho do sujeito. Parece que toda vez que a gente está publicando um número dá uma epidemia no pessoal lá da gráfica.

— É fogo — disse Zé.

— O pior — disse Vitor, — é que a gente dá um duro desgraçado para fazer a revista, e depois os outros só pegam pra meter o pau. Quando dizem alguma coisa...

— É, quando dizem...

— Isso é o que me deixa mais puto. Isso é o que me desanima. Ninguém reconhece o esforço da gente. Gritamos no deserto. Até quando vamos aguentar? A revista tem que acabar morrendo, desse jeito tem que acabar morrendo. No duro, eu fico puto com isso, fico danado da vida. Não sei qual a compensação de fazermos isso. Não sei por que continuamos, juro que não sei.

— Por loucura — disse Zé.

— Já ando cansado — continuou Vitor. — Já não tenho mais dezoito anos. Estou cansado de ser "um jovem escritor que promete". Uma coisa eu digo: se não publicarem o meu livro, eu vou mandar todo mundo e a literatura à merda, deixar a barba crescer e ir criar galinha.

— Toda a vida te achei com cara de avicultor, Vitor.

— É, né? Vá à merda, Nei.

— Ao que tudo indica, vamos ter no ano que vem um aumento na nossa produção rural: o Zé disse que vai pegar na enxada e você vai criar galinha...

— E você?

— Eu? Eu vou escrever um romance do campo com vocês dois por personagens. E nas refeições comerei os frangos de sua criação e os cereais das lavouras do Zé.

— Muito engraçado. Por que você não escreve sobre as cenouras que eu enfiei no rabo?

— Confesso que eu não sabia desse seu hábito, Vitor...

— Diálogo instrutivo esse de vocês dois... — comentou Zé. — Tanta coisa importante a ser resolvida, e vocês discutindo sobre enfiar cenouras no rabo. O que o mundo pode esperar de nós...

— Se o mundo espera alguma coisa de mim, é melhor ele ir mudando de ideia — disse Vitor. — Nem eu mesmo gosto de esperar de mim...

— Pense mais no mundo e menos em você mesmo, Vitor.

Vitor ficou olhando para Zé, depois riu e olhou para Nei:

— O Zé devia entrar para o Exército da Salvação, você não acha, Nei? Hem, Zé? Já pensou? Já imaginou você vestido com aquele uniforme, cantando na esquina com aquela bandinha e distribuindo folhetos sobre a paz universal, somos todos irmãos, e não sei mais o quê?...

— Tento ser bom, e vocês me gozam; que diabo de mundo é esse em que estamos?

— Isso é plágio de Cícero — disse Nei: — *Ubinam gentium sumus?* Estudei no colégio. Dessa vez te peguei, Zé.

Zé ficou mudo, olhando para o copo.

— Tadinho — Vitor passou a mão nele; — tá com raiva, bem?

— Vocês não levam nada a sério.

— Levar a sério... — disse Nei. — Levar a sério o quê? A gente mal abre a boca para respirar, e já está morto. Como levar qualquer coisa a sério nesse minuto de ignorância e miséria que é a vida?

— "Rir é o melhor remédio" — disse Vitor.

— O riso muitas vezes é uma fuga — disse Zé.

— Que seja — disse Nei; — por que não haveremos de fugir?

— Engraçado: não é você que agora mesmo falava em resistir?

— E não é você que também agora mesmo mandava a coerência à merda?

— Então estamos empatados.

— Então estamos.

— O recurso é começar tudo de novo.

— Não — disse Vitor; — pelo amor de Deus; tenham paciência. Porra, será que a gente não pode tomar um chope sem ter de falar na vida, morte, arte, povo e outras merdas? Que amigos chatos eu fui arranjar, poxa. Será que vocês não sabem falar sobre outra coisa? Vamos conversar sobre mulher, é muito melhor. Sugiro um tema: as bundas que eu já comi. Ou, mais poético: como era macia aquela bunda...

Zé deu um risinho:

— O Vitor não aguenta meia hora de conversa séria. Você parece que se sente sufocado.

— Talvez me sinta mesmo. Entre uma conversa séria e a vida, eu prefiro a vida.

— Você disse apenas uma frase besta, com aparência de inteligente, Vitor. Você pensa pelos ouvidos. Você escolhe meia dúzia de palavras bonitas e acha que disse uma verdade genial. Seus ouvidos vivem tapeando sua cabeça, e você engole direitinho. Não percebeu isso ainda?

— Não, não tive essa genialidade.

— Pois trate de ter, senão você vai acabar entrando pelo cano. Um dia você vai dizer pau e pensar que disse pedra, e isso pode te custar caro.

— Se isso acontecer, você não tem nada com isso.

— Não estou dizendo que tenho; só estou dizendo que isso pode te acontecer.

Os dois se calaram, sem graça.

O garçom veio perguntar se queriam mais alguma coisa.

Era tarde, várias mesas já haviam ficado vazias, o movimento acabara, as vozes se ouviam como que vindas do fundo de um poço.

Pediram uma última rodada.

— Não sei — disse Nei; — tem hora que eu fico me perguntando o que nós estamos buscando, o que pretendemos, aonde queremos chegar...

— Quem somos, de onde viemos, para onde vamos.

— Talvez apenas para onde vamos. De onde viemos é bobagem, não adianta nada, já viemos mesmo, já estamos aqui, o negócio agora é tocar pra frente: nasci, agora é tarde. Quem somos? Não há mais tempo para nos conhecermos; mas, também, isso não tem muita importância. Não é mais olhar para trás nem para dentro: é olhar para a frente que interessa agora.

— Procuramos um caminho — disse Zé.

— Viver somente não nos basta, acho que é isso — disse Nei. — Precisamos fazer alguma coisa com a nossa vida.

— Que se pode fazer com a vida, além de vivê-la? — disse Vitor. — Viver e morrer, não há mais nada.

— A merda é que nós temos uma cabeça — disse Zé. — Nós pensamos. O cocô vem todo daí. Se pudéssemos viver, simplesmente, não haveria problema.

— E qual é afinal o problema? — perguntou Nei.

— O problema é o seguinte — disse Vitor: — o preço da égua é cento e vinte.

— Tive uma boa ideia para um conto — disse Nei. — Mas não, isso já foi feito...

— E o que não foi feito? — disse Vitor, quase gritando. — O quê? Me digam! *Nihil novi sub coelum*, já disse o *Apocalipse*.

— *Eclesiastes*.

— É a mesma coisa, tudo é a *Bíblia*.

— Você já está bêbado, Vitor.

Vitor disparou a rir.

Abraçou Zé:

— Zezinho, meu amiguinho...

— Vê se me larga, bichona.

— Tá na hora de dar, Zé; vamos dar...

Zé olhou para Nei:

— Já vi que vamos ter de carregar gente pra casa hoje...

Vitor se empertigou, ficou sério:

— Vocês estão achando que eu estou bêbado... Estou lúcido, porra; completamente lúcido. Completamente. Querem ver? Nós estávamos discutindo sobre o problema. E qual é afinal o problema?, disse Nei, esse ilustre amigo nosso aqui — e esticou a mão para Nei: — Muito prazer; Vitor.

— O prazer é todo meu; Nei.

— Pois bem, continuando: como dizia esse...

— Ilustre amigo nosso.

— Isso.

Zé riu para Nei:

— O homem já está ruim...

Vitor ficou de pé bruscamente:

— Ruim, eu? Quem que vocês estão dizendo que está ruim? Pois estão muito enganados, sabem disso? Muito enganados. E eu vou provar. Por a mais bê. Vou provar. Vocês querem saber qual é o problema, não é isso?

— É — disse Nei, rindo e olhando para Zé.

— Pois, meus amigos — disse Vitor, — meus caros amiguinhos, eis que vos dou a má nova: o problema, o problema somos nós.

— Minha mãe já dizia: meu filho, você é um problema.

— Vocês não haviam percebido isso, haviam? — o corpo de Vitor balançava, a mão apoiada na mesa e a outra segurando o copo.

— Você vai é cair aí, Maiakóvski.

— Me digam, vocês não haviam percebido isso, haviam? Hem?

— Senta aí, que você vai acabar caindo.

— Pois que eu caia! — gritou Vitor, se inflamando de repente. — Mas também cairá comigo o mundo carcomido e podre do capitalismo! Em ferro e fogo, nas labaredas dos canhões, ao pipocar das metralhadoras, o povo galgará as escadas do poder e a revolução triunfará! Que podem os trustes quando é a fome que empunha as armas, de que adianta a ditadura quando é a liberdade que incendeia os corações, que vale a...

— Já começou — disse Nei. — Vamos embora. Zé, chama o garçom.

— Disse Maiakóvski: "As ruas serão as telas de nossos pintores"...

O garçom sorria, fazendo as contas.

Enquanto Nei recolhia o dinheiro, Zé tentava calar Vitor.

— Calar? Calar como? Calar quando tantas vontades, tantos braços, tantos combates esperam apenas pelo clarim de nossas palavras?

— Vê se fecha a matraca aí.

— Reaça, você é reaça, Zé, você e esse fedaputa aí, romancista. Quem quer saber de romances hoje, hem, fedaputa? Escrever romances quando tem gente passando fome é um crime. Um crime de lesa-pátria.

— Ó pátria amada, idolatrada, salve, salve!

— Reaças, entreguistas, intelectuais de merda. Vocês estão traindo o seu papel; duplamente: de jovens e de intelectuais.

— Me chama de fedaputa, mas não de intelectual — disse Nei.

— Judas... Ju... Judases, Ju... — Vitor procurava o plural de Judas; — os Judas da nacionalidade.

— E você o Cristo, o Cristinho da nacionalidade.

Os dois iam levando-o, e ele continuava a falar, as pessoas olhando. De repente escapuliu e virou-se para as mesas:

— E vocês, vocês, seus burguesinhos alienados: isso que vocês estão bebendo é o sangue do povo; mas o vosso riso não é bastante para apagar o choro de uma criança com fome; a paz de agora brevemente se pagará com a paz definitiva dos cemitérios, quando a marcha de milhares de pés descalços e o tambor dos corações repercutir em vossas cabeças, forradas de chope e nicotina; o povo vencerá, porque o povo é forte, porque o povo é uma força viva contra os cadáveres de vossas almas!

Nei e Zé puxavam-no, Vitor resistia:

— Não podem me impedir de falar, ninguém pode; se me prenderem, eu falarei no cárcere; se me torturarem, eu gritarei para as paredes; se cortarem minha voz, eu escreverei, nem que seja com o meu sangue!

— Se você continuar assim, você vai ter esse sangue agora mesmo — disse Zé.

— Porra, me larguem, será que eu não posso falar? Eu não sou livre? Quem pode tirar minha liberdade?

— Vamos lá para fora — sussurrou Nei. — Deixa esse pessoal, você acha que adianta falar para eles? Olhe para a cara deles...

Vitor olhou: seu corpo oscilava. De repente virou-se e começou a andar.

— Tem razão; não adianta mesmo, não. Vou pregar para as pedras. Se os homens não escutam, as pedras hão de escutar. Eu direi palavras tão fortes, que as pedras se moverão!

Parou no meio da rua e ergueu os braços para o céu estrelado:

— Meu Deus! Eu desintegrarei esse mundo podre com a bomba atômica do meu verso, nem que eu tenha de explodir com ele!

QUEREMOS LIBERDADE!

ABAIXO A DITADURA!

BAIONETAS NÃO NOS INTIMIDAM!

PODEM TAPAR AS NOSSAS BOCAS, MAS NÃO AS NOSSAS CONSCIÊNCIAS!

LACAIOS DO TIO SAM!

A sirene varou o ar tenso da Avenida, olhos assustados, a multidão parando, o povo começando a correr para dentro das lojas, que desciam as portas.

Três radiopatrulhas chegaram, os guardas descendo depressa, com os cassetetes em punho, os estudantes correndo com os cartazes, os guardas batendo, agarrando, arrastando para dentro das peruas, fotógrafos, estudantes correndo e gritando "abaixo a ditadura!", mais duas radiopatrulhas chegando na outra esquina, bombas de gás lacrimogêneo.

"Vinte estudantes presos na passeata de ontem."

"Investigador do DOPS agredido por um estudante com um pedaço de pau."

"Secretário de Segurança reafirma que não permitirá, sob nenhum pretexto, a perturbação da ordem.

Explicando por que tomou tais medidas, disse que num país como o nosso, em que dia a dia o comunismo mais se infiltra nos meios estudantis, dar permissão a manifestações como essa, de evidente caráter subversivo, seria colaborar com a destruição dos valores mais caros de nossa civilização, democrática e cristã, quais sejam os da liberdade e da dignidade humanas."

— Você aí — o soldado veio até ele, a mão apoiada na metralhadora: — aonde você pensa que vai?

— Vou lá dentro — disse Nei, apontando para o prédio da faculdade.

— Lá dentro não entra ninguém, está tudo fechado. Pst! pst! — o soldado acenou para outro rapaz, que ia subindo a rampa: — pode ir dando meia-volta!

O rapaz sorriu, sem graça, e foi voltando.

Na calçada, um grupinho de estudantes comentava os acontecimentos.

Seu aluno:

— O que o senhor acha disso tudo, professor?

— Você ainda pergunta?

— O Ronaldo foi preso.

— Eu fiquei sabendo.

— Ele foi espancado, quase morreu. Bateram tanto nele, que ele teve de ir para o Pronto-Socorro. Que será de um país em que se bate nos estudantes como se fossem criminosos? Qual é o nosso crime? Falar contra o que achamos errado é crime? Que democracia é essa?

Pinheiro chegando afobado:

— É um absurdo, não me deixaram entrar! Sou professor na faculdade, como não posso entrar numa faculdade em que sou professor? É um acinte!

Os dois foram subindo até o ponto do ônibus.

— Você soube que o Ronaldo foi preso e espancado, quase morreu?

— O Ronaldo? — Pinheiro arregalou os olhos. — É um absurdo, gente, tudo isso é um absurdo! Como se pode tolerar uma situação dessas? É um atentado à dignidade humana!

O Secretário de Segurança: os valores mais caros de nossa civilização, democrática e cristã, quais sejam os da liberdade e da dignidade humanas.

Chegaram ao ponto.

— Eu subo mais — disse Nei. — Vou à casa de um amigo.

— O que você acha? Você acha que há possibilidade de a greve continuar por muito tempo?

— Não sei; é difícil prever.

Pinheiro passou a mão na cabeça:

— Ando muito cansado; estava querendo aproveitar para fazer uma viagem...

Uma grevinha de vez em quando não é nada mau...

A empregada abriu a porta: ele entrou.

Vitor estava batendo à máquina. Acabou de bater, tirou o papel, releu, embolou e jogou no canto do escritório, já com uma porção de papéis embolados.

— Desisto; a manhã inteira tentando fazer um poema.

Paulinho entrou no escritório, subiu na cadeira e começou a mexer na máquina.

— Sai daí, Paulinho! Eu já disse para não mexer na máquina.

— Então qué uma pa mim.

— Ah, é? Engraçado. Por acaso você vai ser escritor também? Não basta um desgraçado na família, não? Anda, desce daí; vai brincar com o carrinho que eu te dei.

Vitor sentou-se no sofá com Nei.

— Escritor basta um em casa...

— Eu estive na faculdade agora — contou Nei.

— Como que está lá?

— A faculdade está fechada. Um puta-merda, de metralhadora, não deixa ninguém entrar.

— São uns fedaputas. E o Ronaldo, o Domingos e o Caio? Você teve mais notícias deles?

— Por enquanto não.

— Como posso escrever poesia quando meus amigos estão na cadeia? Sinto-me como um traidor, confortavelmente aqui em casa enquanto eles estão lá, em algum cubículo, sem poder receber visitas, comendo uma comida que até cachorro rejeitaria, e talvez apanhando, sofrendo torturas daqueles filhos da puta. Eu devia estar lá com eles.

— Você foi à passeata?

— Não; como posso ir e me arriscar a ser preso? Já pensou o que seria da Juci com o Paulinho? Não gosto nem de pensar; Juci ficaria doida. Não posso. Mas sinto-me como um traidor.

Levantou-se e começou a catar os papéis no chão.

— Tentei fazer um poema sobre a situação, falando da liberdade, da inteligência em oposição à força bruta, da vinda de um futuro novo que ninguém pode impedir. Mas não saiu nada que preste. Além do mais, eu estava me repetindo. Aos vinte e três anos já estou me repetindo; não é trágico isso?

— É...

— Acho que eu não conseguirei escrever mais nada, Nei. Esgotei-me, secou a fonte, não consigo descobrir mais nada de novo, não consigo criar mais nada, acho que vou mudar de profissão.

Parou à porta, segurando os papéis com as duas mãos:

— Mas, se eu escrevesse, também onde que eu poderia publicar um poema como esse, subversivo? Era cadeia na certa, não tinha nem graça. Com muito menos do que isso, muita gente foi presa.

Nei ficou olhando os livros na estante.

Vitor voltou:

— Tudo isso me dá uma depressão desgraçada. E você?

— Eu também. Mas de que adianta? O que nós podemos fazer?

— Me dá um desânimo, uma vontade de cair na cama e não fazer mais nada.

Nei pegou o cigarro:

— Quer?

Vitor tirou um.

— Vamos tomar um cafezinho pra boca de pito? Eu vou lá dentro buscar. Não quero pedir à Juci. Estamos de mal. Eu não te contei ainda: você não soube do show que eu dei àquela noite? Quando eu cheguei em casa. Não soube?

— Não...

— Foi um show daqueles. Para começar, a Juci não me deixou entrar: à hora que ela viu que eu estava bêbado, ela fechou a porta. Eu tive de dormir no alpendre. Mas o pior é que passou uma empregada do vizinho, e eu cismei de pegar a empregada. Dei uma cantada nela, e ela não quis. Aí eu tirei o pinto pra fora e saí na rua, correndo atrás dela, e ela aprontando o maior berreiro, gente aparecendo nas janelas, e eu ali, em plena rua, com o pinto de fora. Já pensou?

Eles riram.

— Você não tem jeito, não, Vitor...

— No dia seguinte nem pus a cara de fora, de vergonha. Fiquei em casa a manhã inteira. Saí à tarde porque tinha de trabalhar, mas fui de táxi. Você precisava ver.

Isso é o que eu lembro e que um vizinho, meu amigo, me contou que viu. Devo ter feito outras coisas ainda...

Levantou-se:

— Deixa eu buscar o café.

Voltou com duas xícaras já cheias.

— Não tem pires, não, nem bandeja.

— E a Dalva, hem?

— Uma hora dessas ela deve estar bem escondida. Eles devem estar procurando ela.

— Encontrei com ela uma semana atrás; ela me disse que tinha retomado aquele trabalho sobre o romance e que dessa vez ia mesmo levar para a frente.

— Sei... Eu conheço a Dalva... Ela nunca termina nada; ela vive "retomando" esse trabalho...

— É...

— Nei, como estaremos daqui a dez anos? Você já pensou nisso? Que teremos feito? Que dará nossa turma? Ou não daremos nada e simplesmente passaremos, sem deixar rastro? Hoje tudo me parece incerto. Qual de nós continuará lutando, qual de nós criará alguma coisa, qual deixará sua marca na história, quais os que se acomodarão, os que desistirão, os que terão desaparecido ou morrido?

— Eu gostaria de saber. Ou não gostaria...

— Tudo hoje é incerto, a gente vive na incerteza de tudo. Arte, política, moral, costumes: a gente não pode mais ter a certeza de nada. Você não sente isso? É horrível. Isso acaba com a gente. No fim dá uma espécie de paralisia: sem saber o que fazer, a gente acaba ficando parado e não fazendo nada.

Vitor suspirou:

— Tem dias que eu sinto um grande cansaço de tudo. Cansado sem ter feito nada. Eu, que aos quinze anos pensava que aos dezoito seria um gênio, aos vinte e três descubro que não sou nada.

— "Felizmente o riso chegou antes", diz um personagem de Durrell, no *Quarteto*.

— Mas o riso não chegou para mim. Eu não sei rir disso. Isso me deprime. Puxa, eu tinha tanta coisa para fazer, tanta coisa para dizer; o que virou dessa tanta coisa? Eu acreditava na poesia, acreditava que o mundo precisa dos poetas; o que fiz dessa crença?

— Aos vinte e três anos já fazemos o balanço de nossa vida.

— Fico lembrando de quando eu tinha dezoito anos, quando eu era realmente poeta; cada coisa que eu via, eu queria fazer um poema. Até uma lata de lixo eu achava que daria um belo poema. Hoje? Hoje já não sei direito o que é um poema, quanto mais um belo poema. Acho que não sou mais bastante poeta para merecer a poesia.

— Uma bela frase.

— Tão bela, que já estou desconfiado que não é minha...

Vitor olhou pela janela:

— Que dia escuro... Isso deixa a gente mais deprimido ainda. Deve ser o frio, que vem aí, já estamos no fim de maio. Acho que vai ser um frio lascado esse ano.

Frio. Greve. Os amigos presos. Soldados nas portas das faculdades. Os jornais falando em novas prisões. As conversas sobre as prováveis medidas do governo: diz que ele vai aumentar o arrocho; diz que os estudantes presos vão ser entregues à justiça militar; diz que a repressão policial vai ser agora muito maior, não viram as últimas declarações nos jornais?

— Vamos falar de outra coisa.

— Que outra coisa? Como falar de outra coisa, quando em cada esquina a gente dá de cara com um soldado?

— Não posso nem mais ver um jipe na minha frente, que me dá vontade de vomitar.

— Ontem prenderam mais dois estudantes da Faculdade de Direito, distribuindo boletins.

— Estão dizendo aí que a qualquer hora vão invadir o DCE e fechar tudo.

— E ainda dizem que isso não é ditadura...

— O que podemos fazer contra? A gente mal abre a boca, e eles já prendem. Tudo o que a gente pode fazer é esperar.

Esperar que a situação mude, que os presos sejam soltos, que as escolas voltem a funcionar, que os soldados desapareçam das ruas, que a angústia e o medo desapareçam do céu daqueles dias escuros e frios. Esperar que alguma coisa se resolva e a vida continue o seu curso normal.

Encontrou Vera na rua:

— Você sumiu...

— Estive doente uns dias — ela disse. — Depois veio a greve... A escola continua fechada?

— Continua.

58

— Pelo menos para descansar um pouco essa greve serve.

— Seria melhor descansar por outros meios. Há gente presa, há gente sendo espancada e torturada por causa disso. Descansar quando se está lembrando a todo instante disso não é bom.

Iam subindo a rua devagar. Convidou-a para tomarem alguma coisa. Ela aceitou e foram para o bar mais perto.

Pediu dois chopes.

— O que você fez esses dias? — ele perguntou.

— Eu? Nada. E você?...

— Nada também...

Os chopes chegaram.

— Senti muito sua falta — ele disse. — Pensei muito em você esses dias. Por que você sumiu assim?...

Ela fez uma expressão vaga, sem dizer nada.

— Não some mais, não; vou ficar muito triste se você sumir.

— Tá — ela disse, sorrindo pela primeira vez; — eu não sumirei mais...

Junho chegou com o frio e o fim da greve.

Embora as notícias nos jornais fossem as de que o governo ia intensificar as medidas no sentido de evitar a subversão no país, os estudantes presos foram soltos, e os alunos voltaram às aulas.

— Depois de um longo e tenebroso inverno.

— Quando será que vai ser a próxima greve? Não aguento mais aula.

— Você fez alguma coisa? Eu fiquei danado da vida: fui para uma praia, mas fez um frio lascado lá. Fez frio aqui também esses dias?

— Eles conseguiram o que queriam?

— Eles quem?

— Eles, nós, os estudantes.

Hora de intervalo, grupinhos de alunos conversando no saguão e no pátio, saindo dos elevadores, descendo as rampas, indo para a cantina — de novo as aulas.

Nei, Zé e Martinha sentados no murinho do pátio. Perto, um grupo com Ronaldo no meio:

— E o negócio de fingir que iam fuzilar os caras, é verdade?

— Diz que eles encostavam vocês na parede e disparavam de mentira, faziam isso mesmo?

— O que você sentia lá dentro?

Ronaldo respondia, gesticulando e xingando; a turma escutava em silêncio.

Pegou um cigarro: três mãos se oferecendo ao mesmo tempo para acendê-lo.

— Você não tinha medo de eles te assassinarem e depois darem uma desculpa qualquer? Ali dentro, ninguém saberia, poderiam inventar uma história.

— Ouvi dizer que eles põem até barata na comida, para o cara morrer de nojo e não comer, é mesmo?

— Você conseguia dormir?

Uma menina tocou com delicadeza a parte raspada de sua cabeça, logo acima da testa, avermelhada ainda dos curativos. Os outros, olhando.

— Na hora eu nem senti dor, só vi aquela sangueira me escorrendo pelo rosto e o soldado na frente, descendo o cassetete.

— Mesmo depois de sair sangue ele ainda continuou batendo? É incrível. São uns animais.

— Uns monstros.

— Deviam estar é enjaulados.

— Esse governo é um filho da mãe.

— E lá no DOPS, ainda te bateram de novo?

— Deviam ser é fuzilados, isso sim. Encostados no paredão, e pá! Um por um. E depois picadinhos em pedaços e jogados para os cachorros.

— Nem cachorro ia querer comer.

Chegou Domingos, mãos nos bolsos, cigarro pendurado na boca — a displicência do herói.

O abraço de Ronaldo e Domingos, quando os heróis se encontram, os outros olhando orgulhosos, um sorriso para a posteridade, cadê o fotógrafo?

— Isso me desanima — disse Nei.

— É por isso que eu digo sempre — ajuntou Zé: — nós só faremos a verdadeira revolução no dia em que perdermos o romantismo.

Martinha não disse nada.

Os três olhavam para o grupinho.

Agora era Domingos que falava; de vez em quando Ronaldo o completava. A turma atenta, perguntas, Domingos não tinha ferimento na cabeça para mostrar, estava em desvantagem, mas era mais bonito, tinha pinta de artista de cinema.

— Tudo se transforma em teatro — disse Nei.

— Vou escrever um livro sobre a nossa geração — disse Zé: — todas as páginas serão em branco.

— Pelo menos terá utilidades que os outros livros não têm: a gente poderá escrever nele, desenhar, colar coisas, arrancar folha e fazer aviãozinho ou barquinho para crianças, poderá até usar para as necessidades fisiológicas. Será um livro muito mais útil que os outros. E muito mais rico também: o leitor terá inteira liberdade para imaginar o que quiser; ele criará o livro.

— A *Obra Aberta*, de Umberto Eco.

— Exatamente. Um livro de absoluta vanguarda: O Livro Não Escrito.

— Vocês estão é loucos — disse Ricardo, chegando. — Qual é a última loucura?

— O Livro Não Escrito.

— Não li e não gostei. Pois eu vou escrever o livro inexistente para o leitor inexistente. Aliás já escrevi muitos...

— E qual foi a opinião da crítica inexistente?

— Eu não digo que está todo mundo louco? Mas, sabem? — e Ricardo contou: — Eu estou bolando agora é um poema-objeto para mandar à Bienal: uma máquina que fica andando, com uma luzinha vermelha e uma voz dizendo "eu sou o poema, eu sou o poema".

Nei olhou para Zé e Martinha.

— Esse negócio de escrever poesia acabou — continuou Ricardo; — o concretismo liquidou com o assunto, agora é preciso sair pra outra. É o que eu estou tentando, com os meus poemas-objetos. Outro que bolei é uma vaca pintada de azul e desenhada com as cabeças de Pelé, Sartre, Henry Miller, Picasso, Fidel Castro, Kennedy, Mao Tsé-tung, Marilyn Monroe, Brigitte Bardot, Os Beatles e outros: "Avacalhada".

— É, gente... — Nei balançou a cabeça devagar, olhando para Zé e Martinha: — esse está pior do que eu pensava...

— É preciso ser louco para enfrentar a loucura — justificou-se Ricardo. — Enlouquecei-vos! Essa é a palavra de ordem no mundo de hoje. Estou apenas seguindo-a.


A livraria quase cheia: escritores, jornalistas, professores, estudantes, amigos, parentes, conhecidos, curiosos, meninas — apresentação do novo número da revista:

— E, para terminar, queremos dizer da honra que é para nós a presença de todos vocês aqui; muito obrigado.

Palmas, sorrisos, a turma se espalhando aos poucos pela galeria, parece que a batida já vem lá, que menina gostosa, olha que pernas, quem está lançando livro aqui hoje? vim só pra tomar uma batidinha, será que vai ter salgado também? não jantei ainda.

— Meus parabéns, a você e a todos da turma; que as musas estejam sempre com vocês ao longo do árduo caminho das letras. *Per aspera ad astra!* Parabéns, jovens, felicidades!

— Quem é essa múmia?

— Da Academia.

— Está se vendo.

A menina passando com a bandeja, as mãos avançando, a bandeja vazia num minuto, uma batidinha, pelo amor de Deus, nem provei ainda, é um absurdo, tem gente que já tomou umas três, injustiça social, discriminação, protecionismo — lá vem mais!

— Digo assim, uma preocupação um tanto quanto excessiva com a forma, em detrimento do conteúdo. Eu sei que essa distinção entre forma e conteúdo...

— Isso é o que eu ia dizer.

— Isso o quê?

— Então, Nei, mais uma vitória dos novos. Muito bem, meus parabéns. Vocês não podem agora é parar, têm de tocar pra frente. Devagar e sempre. Deixa eu dar um abraço ali no Ricardo também. Eu já volto...

— Mas o que você ia dizer?

— Eu?

— Sobre forma e conteúdo.

Vitor puxando-o pelo braço:

— Dá uma chegadinha aqui, vou te apresentar o Milton.

— Prazer — Milton sorriu.

— Tudo bom? O Vitor já tinha me falado sobre você. Você também escreve, né?

— Quem não escreve nessa cidade? — entrou Vitor. — Todo mundo aqui é escritor. Até minha empregada um dia desses eu descobri que também escreve. Até o Zé escreve, o que é que há?

Zé estava numa rodinha perto, ouviu seu nome e virou-se, interrogando com um sorriso. Vitor foi lá e abraçou-o. Milton ficou olhando, os olhos calmos, meio irônicos, meio tristes; amigo à primeira vista.

— O Vitor está eufórico... — observou.

— Basta ele beber um pouco, que ele fica assim. Você já conhecia ele de muito tempo?

— Lá do serviço. Um dia fomos tomar umas Brahmas juntos, e então ele ficou sabendo que eu também escrevia. Ele eu já sabia que escrevia, todo mundo na seção sabe. De vez em quando dá na cabeça dele de ler uns poemas lá, para o pessoal. Ninguém entende, claro, são uns imbecis completos. Vitor fica danado da vida e xinga todo mundo. Uma vez quase bateram nele por causa disso... Vitor é divertido...

— É... — concordou Nei. — E um bom poeta. O problema dele é beber demais. Tem hora que eu fico pensando onde é que ele vai parar com isso...

Uma menina passou com o amendoim: cada um pegou um montinho. Ficaram comendo e olhando as pessoas.

— Veio bastante gente — comentou Milton.

— Veio, mas pensei que viesse mais; foi bem noticiado, muita gente convidada...

Por que ela não viera? Dissera que viria, dera certeza: "Livraria do Estudante? Eu vou." Acontecera alguma coisa?...

— Nei, como é? Está importante hoje, hem?

Inês, cada dia com um tipo de cabelo. Não perdia um coquetel. Por dentro, em dia com os últimos lançamentos, a última exposição de pintura, o último filme. Amiga de intelectuais, artistas, conhecia todos: o Fulano me disse, o Sicrano estava me contando, soube que o Beltrano chegou?

— Seu autógrafo...

— Com muito prazer...

Para Inês, com chateação e pena.

— "Com amizade" — ela leu em voz alta. — Só isso? Quero uma dedicatória maior, uma de pelo menos meia página, senão eu não aceito.

Milton sorriu.

— Está vendo o preço da fama, Milton?... A inspiração agora está curta, Inês.

— Considero isso uma ofensa; e eu, eu não te inspiro?

— Você é a própria inspiração, mas acontece que o cérebro deste pobre e humilde escritor está hoje um tanto quanto fatigado.

— Um tanto quanto fatigado... Tá; vá lá. Dessa vez passa. Mas você fica me devendo, no próximo número, uma dedicatória de uma página. Promessa de honra, tá? O...

— Milton; é um amigo.

— Prazer; Inês. O Milton fica sendo testemunha. Tá, Milton?

Milton concordou, sorrindo. Inês abanou a mão e foi conversar com outras pessoas.

Nei suspirou:

— Já se vê que...

Clara, outra menina, interrompeu-o:

— Você é bárbaro, delirei com o seu conto. Só tem uma coisa que eu não entendi direito e queria que você me explicasse: por que você não usa nele nenhuma vírgula?

— Porque a tecla da máquina estava estragada.

— Chato. Não, Nei, fale certo, eu quero mesmo saber; não brinca, não.

— É uma questão de fluência.

— Fluência? Como?

— Fluência; você não sabe o que é fluência?

— Sei.

— Pois é.

Clara se calou, tomando a batida. Não pescou nada. Entrar logo em outro assunto:

— Será que essa batida não chega mais aqui?

— Batida? Vou ver se arranjo lá dentro para vocês — Clara se prontificou; — afinal você é um dos donos da festa...

— Ufa!... Não aguento mais, Milton; se chegar alguém e me fizer mais uma pergunta dessas, eu mando pra puta que pariu, juro que mando.

Zé veio até eles. Nei apresentou-lhe Milton; os dois ficaram conversando.

— Faculdade de Direito, né? O Vitor tinha mesmo me falado...

Não conseguia entender o que havia com ela. Por que ela não dizia? Se ela não queria continuar, então por que não dizia de uma vez? Para que ficar prolongando? Para que ficar mentindo? Ela dera certeza que viria, dera absoluta certeza...

— Fico pensando — disse Nei, — o que tem esse pessoal todo aí a ver com o que a gente escreveu...

— São o nosso público — disse Zé.

— "Nosso público"... Até que é bacana dizer assim. A gente se sente importante, necessário. Nosso público...

— Você já olhou se a revista está saindo?

— Meia dúzia. Em compensação, a batida já está no fim.

— Você está irônico hoje.

— Pra variar.

— Só o Vitor deve ter bebido um litro. Cadê ele?

— Está lá no fundo, com aquelas meninas.

— Se a Juci estivesse aqui...

— Ele conquista todas, mas não arremata nenhuma. Eu disse isso a ele uma vez; ele não gostou, disse que não é ele, elas é que afinam na hora.

— Meninas avançadas... — disse Zé. — Abaixo a virgindade: mas só em teoria, claro. Ou: sou contra a virgindade; mas não a minha, evidentemente.

— O problema é complexo — disse Milton. — Não é apenas a questão de perder a virgindade; há todo um peso que a mulher independente tem de suportar na nossa sociedade. Já tem melhorado, mas ainda há muita coisa por modificar.

— Você é virgem? Eu sou escorpião. Conhecem essa?

— Na Suécia, por exemplo...

Na Suécia, por exemplo. A virgindade. O nudismo, as mulheres indo nuas às praias, louras e peitudas, queria estar lá na Suécia, por exemplo. E a alta porcentagem de suicídios, e os jovens, e o ateísmo, e os filmes de Bergman, e a sociedade perfeita, e o problema do lazer, pois sempre há um problema, quer dizer, se não se suicidam por causa da virgindade ou da fome, se suicidam por causa do ócio, do tédio, o suicídio branco dos suecos e a cabeleira e os seios brancos das suecas nuas nas praias.

— É isso o que eu queria agora: estar deitado numa praia, num dia de muito sol, com uma sueca nua, de longos cabelos loiros e seios fartos e bunda macia.

— Para na hora você descobrir que é a mesma coisa em qualquer lugar — disse Zé. — Feito aquele matuto que ficou rico de repente e saiu da roça e foi a Paris, direto para Montmartre, pegar uma mulher: e teve aquela cera toda, champanhe e não sei mais o quê, e o cara gastando a nota; para, na hora do serviço, ele descobrir que não tinha nenhuma diferença, que "era iguarzinho lá na roça"...

Nei riu.

69

— Se uma dessas meninas aí quisesse me dar hoje, eu já estava muito contente.

— É...

— Tanta buceta desperdiçada... Isso é que me dá raiva. A gente precisando, e elas aí, guardadas. Guardadas para quê? Para as teias de aranha?

— Para o futuro maridinho delas, devidamente legalizado no cartório e benzido pela Santa Madre Igreja.

— É... Se elas morrerem antes, não sabem o que terão perdido... Não deixes para amanhã o que podes fazer hoje. Se eu fosse mulher, acho que eu já nascia dando.

— Imagino que bagulho você não seria, Zé.

— O que interessa é o buraco. Eu podia ser um bagulho, mas que eu ia dar até falar chega, isso eu ia; ia dar até fazer calo na babaca. Nada de egoísmo: o que é meu é de todos. Enquanto houvesse um pau necessitado no mundo, eu não descansaria.

— Você morreria no primeiro dia.

— Tudo pelo bem da humanidade.

— A puta amada idolatrada salve salve.

Num canto da galeria, uma turma começou a cantar *A Banda*, o rapaz no meio com o violão e os outros ao redor, todos meio bêbados, cantando com vontade, a galeria quente, apesar do frio que fazia lá fora, grupinhos de pessoas conversando, copos de papel no chão.

Queiroz se aproximou:

— Vou ler a revista à hora que eu chegar lá em casa; hoje de manhã não pude. Se estiver ruim, vocês vão ver... — ameaçou com o dedo, fazendo cara feia.

— Quando que nós estivemos ruins, Queiroz? — disse Zé. — Nós sempre fomos e sempre seremos os bons.

Nei abraçou-o:

— Você é nosso, Queiroz...

Queiroz riu, contente.

— Não adianta me subornar, sou incorruptível. Minha consciência não se vende por tão pouco.

— Por quanto ela se vende?

— *Tutti buona gente!* — Ricardo chegando, com os braços abertos.

— "Meu grito se partiu como vidraça partida" — citou Queiroz. — Seu poema eu já li; gostei principalmente desse verso. Faz lembrar aquele poema do...

— Queiroz! — Vitor abraçou-o de repente, por trás, quase o derrubou.

A turma riu.

— Que isso? — Queiroz tentando seriedade.

— Que isso o quê, porra? Eu estou alegre; não pode te dar um abraço, não? Você sabe quem que eu sou, Queiroz? Eu sou o poeta. Escuta bem: o poeta.

— Você é "o bêbado", isso sim...

Vitor riu, vermelho, os olhos esgazeados.

— O Queiroz está achando que eu estou bêbado. Eu nem comecei a beber ainda, Queiroz. Você está achando mesmo que eu estou bêbado? Hem?

— Não...

— Queiroz, não é por estar aqui, na sua presença, mas... Eu vou te dizer uma coisa: sabe que você é um dos caras que eu mais considero? No duro mesmo. Um dos caras que eu mais considero.

Chegou perto de Nei, puxou-o para um lado:

— Arrumei um esquema ali, menino; aquela moreninha, você viu? Uma que estava ali comigo, ela já foi embora; uma de verde. Ela vibrou com o meu poema. Não deve ter entendido nada, mas o que interessa é que ela vibrou e está me dando bola. Vou entrar de cheio nessa. Puta merda, fico doido só de pensar...

Voltaram para a turma.

— Que seria de mim sem a minha poesia? — disse Vitor.

— É o que a gente fica pensando — disse Zé. — Se com a poesia você é assim, sem ela nem sei o que seria...

— Zezinho, você me avacalha, mas eu sei que no fundo você gosta de mim...

— É, no fundo até que você não é ruim, não...

— Vocês não perdoam nada — disse Queiroz.

— Perdoar o quê?

— A vida é feita de perdão.

— Já dizia a Madre Superiora. Boa-praça a Madre. Um pouco fora de forma, mas tirando isso...

— Vocês não respeitam nada. É impressionante.

Vitor fora procurar mais batida.

— É uma pergunta que por mais de uma vez estive por fazer a vocês — continuou Queiroz, — mas que eu nunca tive coragem. Dessa vez eu faço. Quero só que vocês me digam: o que vocês respeitam, o que vocês consideram sagrado hoje, intocável, digno de devoção; se é que há alguma coisa para vocês...

— Para mim é Nossa Senhora — disse Nei.

— Vamos ali, naquele cantinho, que eu te digo — disse Zé. — Na frente de tanta gente assim, eu fico com vergonha...

— Intocável — Ricardo esticou o braço, — é a Constituição, disse o general, desembainhando a espada e enfiando-a na barriga do outro general.

— Nenhum me respondeu — disse Queiroz. — Como era, aliás, de se esperar. Por quê? Hem? Por quê?...

— Não esquenta a cabeça com isso, não, Queiroz. Que importância tem isso?

— Que importância? Vocês não têm ideia de quanta importância. Vocês são uma nova geração, vocês vêm carregados de uma nova mensagem e precisam gritá-la para o mundo. O mundo espera de vocês uma palavra nova, um sangue novo, um passo novo.

— Estou pensando: você devia ter feito a nossa saudação...

— Você pode me ironizar, Nei, mas é isso o que eu penso e vou continuar dizendo; hoje, amanhã, quantas vezes for preciso. Vocês não levarem as coisas a sério, ainda passa; mas não levarem vocês próprios a sério, isso é que eu não admito. Isso é um crime, a palavra é essa, um crime; um crime contra vocês próprios e, em consequência, contra toda a humanidade.

— Você bebeu demais, Queiroz.

— Você diz isso, mas amanhã, em casa, sozinho, você pensará nas minhas palavras.

— Te prometo, se você não falar mais nisso agora.

— Está bem, eu não falarei. Estou incomodando a consciência de vocês, não é? — Queiroz segurou Nei pelo braço: — Hem? Não estou bulindo com a consciência de vocês?

— Você está é enchendo o saco, Queiroz.

— Ah, é? É assim? Enchendo o saco? Está bem: então eu me retiro.

Ricardo segurou-o:

— Ora, Queiroz, não faz drama, não; a gente está só conversando...

— Só conversando? O sujeito diz que eu estou enchendo o saco; isso é conversa? Um amigo diz isso para outro?

— O Nei disse à toa; amigo é pra isso mesmo...

— Não, vocês não dão valor a nada, vocês não prezam nada;... Nem a amizade. Assim não é possível. Vocês só querem saber de destruir as coisas. Nem os amigos, nem os velhos amigos, os amigos verdadeiros, vocês respeitam.

Martinha chegando:

— Só agora pude vir, fiquei por conta; chegou um pessoal lá em casa, um pessoal que há muito tempo não víamos, e eu tive de ficar lá, contrariada. Como foi? Correu tudo bem? Cadê o Vitor e a Dalva?

— A Dalva está viajando; o Vitor está por aí, de fogo como sempre. Você toma uma batida? Acho é que não tem mais...

— O que vocês estavam conversando? Interrompi?

— Estávamos conversando as asneiras de sempre — Nei olhou para Queiroz. — Quer dizer: eu estava dizendo as asneiras de sempre.

— Nós — disse Queiroz, — nós estávamos dizendo. O que é normal num jovem, mas não num sujeito já mais velho como eu, um sujeito já de cabelos brancos.

— "Encanecidos" — disse Ricardo. — Fica mais bonito.

Da janela do hotel, Nei olhava a rua. Era sábado, à tarde, e não havia quase nenhum movimento. O dia estava escuro e triste. Onde estaria Vera àquela hora? O que ela estaria fazendo? Por que ela não fora?

O pai pôs a mala no chão.

— Pronto?

— Pronto.

— Tudo aí?

— Está.

— E a passagem?

— Está aqui — o pai bateu no bolso do paletó.

Tinham uma hora ainda e desceram até a Lanchonete para comer alguma coisa.

Nei pediu dois mistos-quentes, um copo de leite para o pai e uma vitamina para ele.

Havia pouca gente, as mesas vazias.

— Eu queria o leite era quente — disse o pai; — esqueci de dizer...

— É só trocar.

— Deixa, o garçom pode achar ruim.

— Não, ele troca.

Nei chamou o garçom; ele veio, levou o leite frio e trouxe o quente.

— Agora sim — o pai sorriu, contente.

— Nas férias eu irei em casa, o senhor diz para a Mamãe.

— Eu digo.

— Diz também para ela ir preparando os doces...

— Eu direi...

Ficaram alguns minutos comendo em silêncio.

— Quer dizer que o lançamento ontem esteve bom? — perguntou o pai.

— Esteve.

— Mas isso tem futuro, Nei?

— A revista?

— A revista, escrever... Sabe, eu às vezes fico meio preocupado...

— Preocupado? Por que, Papai?

— Essas coisas de escrever, o seu sono... Você tem dormido bem?

— Mais ou menos. No mundo de hoje é difícil a gente dormir bem.

— Você aqui fica também até tarde da noite batendo à máquina?

— De vez em quando.

— Não te atrapalha dormir? Acho que é isso que te atrapalhava dormir lá em casa, naquelas férias.

— Não...

— Esses casos de escritores que a gente ouve contar... Parece ser uma vida pouco sadia...

Nei sorriu:

— Pode ficar tranquilo, Papai. No fim dá tudo certo, o senhor vai ver...

Deu-lhe uma palmadinha no ombro:

— O senhor ainda vai ter, na família, um escritor famoso...

— Se for, me orgulharei muito — disse o pai. — Mas o principal é que os filhos estejam felizes. Isso é que é o principal.

Estava feliz ele? O pai não chegara a lhe perguntar, mas ele se perguntava agora, sozinho em seu quarto, deitado, os olhos fixos na lâmpada acesa. Estava? Não, não estava — e que importância tinha isso? E que importância tinha tudo o mais?

Fechou os olhos, cansado da luz, cansado de pensar, cansado de tudo. Mas não queria dormir — queria o quê? Nada, não queria nada, queria ficar ali simplesmente, deitado, de olhos fechados, sem pensar em nada — mas não pensar em nada era impossível, acabava pensando em alguma coisa, e então o melhor era já escolher uma coisa para pensar. Uma coisa agradável. Por exemplo: a Suécia. A Suécia, por exemplo. As suecas, louras e peitudas, indo nuas às praias.

Acabou saindo e deitando com uma mulher que não era sueca, nem loura, nem peituda. Tudo rápido, mecânico, quase sem vontade. Voltou aborrecido para casa, detestando-se e jurando que amanhã daria um jeito em sua vida, custasse o que custasse.

Segunda-feira encontrou Vera na faculdade:

— Nem sei como dizer — ela se mexia sem jeito; — atrapalhou tudo lá em casa, eu...

O sinal para a aula tocou, mas eles continuaram parados no saguão.

— Juro que eu queria ir, Nei; você não acredita?...

— Que importa se eu acredito ou não? O fato é que você não foi.

— Você é muito rigoroso, Nei.

— Rigoroso por quê?

— A gente não pode ser assim, não; cada pessoa é de um jeito. Você exige demais dos outros.

— Exigir que alguém cumpra a palavra é exigir demais?

Ela se calou.

— Todo o tempo lá eu fiquei te esperando. Toda hora eu pensava: por que ela não vem? Por que ela nunca mais que chega? Até parecia que eu não estava me importando com mais nada do que estava acontecendo ao redor...

Ficaram algum tempo em silêncio.

— Eu vou subir — ela disse então; — minha aula já deve ter começado.

Olhou para ele:

— Você quer que eu passe lá na sua sala depois?

— Quero — ele sacudiu a cabeça devagar; — eu te espero lá.

— Está bem. Então tiau — e ela correu para o elevador, que já ia fechando a porta para subir.

Encontrou Vitor na cantina:

— Andei te procurando aí — disse Vitor.

— O que houve?

— Sábado fui lá no Colégio Estadual, fazer aquela minha conferência sobre a poesia brasileira contemporânea.

— Hum.

— Rapaz — Vitor segurou-lhe o braço: — eu saquei tanto, que até eu mesmo depois fiquei com vergonha de mim. Puta merda; acho que eu nunca saquei tanto assim na minha vida. Foi um troço...

— Imagino...

— Esses dias eu te contei que folheei a *Obra Aberta*, do Umberto Eco, né? Ler mesmo, acho que eu só li umas dez páginas.

— O que não é nenhuma novidade com você...

— Pois sabe que eu falei o tempo todo lá em obra aberta? Já pensou?...

Nei ria.

— Imagina agora se eu tivesse lido o livro todo, se só com algumas páginas já deu pra sacar tanto...

— Estou imaginando...

— Foi um negócio a conferência, você precisava ver... Falei numa porrada de coisas lá. Falei em mecânica combinatória, baseada na lei das permutações; porra, nem sei o que é isso, mas lembrei que eu tinha lido em algum lugar. Falei no poema como um campo de possibilidades: bacana, hem? Campo de possibilidades: isso fica bonito pra burro. Falei também na substituição do visual pelo tátil, falei em barroco, Stockhausen, Pierre Boulez, Max Bense, os filmes de Antonioni, a linguística russa, os móbiles de Calder, o Livro de Mallarmé, *Finnegans Wake*, história em quadrinhos, comunicação de massas, pop art, semiótica, cibernética... Porra, você precisava ver, eu dei um show lá, a turma ficou impressionadíssima. Esse cara é mesmo cobra no assunto, eles devem ter pensado; tem uma cultura fabulosa.

— Ê, Vitor...

— Eu morri de rir depois... Porra, eu mesmo fiquei surpreso comigo... Sei que eu impressionei bem pra burro; fizeram perguntas, escrevi uns troços lá no quadro, eles vibraram. Eles querem que eu volte lá.

— Hum...

— O macete agora é pegar outro livro de vanguarda, descobrir outros troços do tipo de lei das permutações, campo de possibilidades, citar uns caras estrangeiros, umas expressões em inglês ou francês, uns troços assim, e voltar lá pra outra dessas.

— Eu queria estar lá...

— Você ia morrer de rir, estava o fino. Eu lá na frente, falando com toda a seriedade, e a classe escutando em silêncio, fazendo perguntas. Porra, foi simplesmente genial.

— Só mesmo você para fazer uma dessas...

— Você ia morrer de rir...

— Imagino...

— Você não sabe de algum outro livro, não? Qual é a última moda em estética? O negócio é pegar o assunto da moda: todo mundo interessa, e você pode sacar à vontade, porque eles estão por fora e não percebem.

— É...

— Precisavam é pagar a gente; afinal isso toma tempo, trabalho, estudo.

— Estudo...

— Sacação também custa estudo; pra sacar, a gente tem que ter uma certa base. E, além do mais, não é qualquer cara que sabe sacar com brilhantismo; sacar é também uma arte, é preciso ter talento, como para qualquer outra arte, e, modéstia à parte, eu tenho de sobra, ficou mais do que provado. Isto é: ficou provado para mim; para eles ficou provada a minha cultura... Pensei até em virar conferencista profissional, o que você acha?

— Por que você não dá aula? É mais simples.

Muito mais simples:

— Continuando o que vimos na última aula, os valores estéticos: segundo Moritz Geiger, no seu livro *A Fenomenologia da Percepção Estética* — e ele riu por dentro, lembrando-se de Vitor.


Árvores, passarinhos, ar puro — o Parque. Manhã de domingo, gente deitada na grama, pais com crianças, balões, pipoqueiro, carrossel, trenzinho, carrocinha de cabrito. O lago, as barcas. Remava quando era estudante, dominava a barca, inventava coisas, fazia o que queria.

Agora nem remo nem nada — mais nenhum esporte. Sempre cansado, o corpo sem agilidade, branco, preciso tomar sol, preciso ir à piscina: três meses atrasados no pagamento do clube, carta de aviso na gaveta, melhor abandonar de uma vez, não frequentava mesmo, não tinha tempo.

Vida pouco sadia: o pai tinha razão. Uma ida de vez em quando ao Parque e longas caminhadas pela rua — isso era tudo. Que estava fazendo de seu corpo? Sexo, bebida e cigarro. E insônias, e nervos aguçados, olhos sempre ardendo, rosto tenso, músculos entorpecidos, o andar incerto, o fôlego curto, a resistência fraca. Que estava fazendo de seu corpo? Que estava fazendo de sua juventude?

Parou na beirada do lago, perto de uma moita de flores vermelhas. Barcas passavam. Gritos e algazarra de crianças. O sol brilhando, o céu muito azul. Que estava fazendo de sua vida? Escritor — não era isso o que era, não era isso o que queria ser?

Escrever é um negócio meio mórbido, dizia Zé. Mórbido por quê? E o que era sadio? Andar no Parque era sadio — mas não podia ficar andando no Parque a vida inteira. Não pensar também era sadio: veja, por exemplo, os animais; os irracionais e os outros...

Albertinho, seu professor de português no colégio:

— O senhor por aqui... Dando um passeio?...

Apertaram as mãos.

— Quanto tempo...

— Pois é... O senhor continua lá no colégio?

— Continuo.

— E como está aquilo? Não voltei mais lá. Mudou muita coisa? Os professores...

— Mudar, até que não mudou muito, não. Alguns professores... O Nivaldo foi para a Europa, bolsa de estudo, não sei se você soube... Os outros eu acho que continuam todos lá, os do seu tempo: o Hortêncio, o Souza, o Pierre...

Olhou ao redor:

— Você está com alguém?... Não? Então vem comigo, eu vou até o barzinho ali, comprar umas cigarrilhas.

— O senhor fuma cigarrilhas até hoje?...

Albertinho riu.

Iam andando devagar, beirando o lago.

— Mas e você? Soube que você está dando aulas na faculdade, não lembro quem me contou.

— É.

— Tenho acompanhado também as coisas que você, você e sua turminha têm feito aí. Muito bem; eu não dizia que você seria escritor? Eu via o seu jeito, as suas composições; não era à toa que eu sempre te dava a maior nota da sala. Era você e o Vilmar. Por falar nisso, você tem encontrado com ele, o Vilmar? Eu nunca mais o vi.

— Ele está fazendo Engenharia.

— Engenharia? Quer dizer que ele não escreve mais?

— Não sei; eu acho que não. Raramente encontro com ele. Uma vez que eu encontrei, ele me disse que chegara à conclusão de que fazer casa é mais importante do que fazer poesia.

— Que desperdício... — Albertinho abanou a cabeça, inconformado. — Uma vocação poética como aquela... Sentia-se o dom da poesia palpitar naquela alma, na profundeza daqueles olhos azuis... Vai ver que ele nem tem mais olhos azuis... Só um poeta ou um louco tem o direito de ter aqueles olhos...

Chegaram ao barzinho. Estava cheio, o balcão tomado de gente, os dois empregados correndo de um lado para outro, sem conseguir atender todo mundo.

Albertinho olhou desanimado para ele.

— Eu espero; não tem problema, não. Eu vou ficar ali — e ele mostrou o ponto das barcas.

Albertinho. Os mesmos cabelos, cheios e anelados; tingidos, como sempre. Quantos anos ele teria? Nunca pudera saber sua idade. Já devia beirar os cinquenta. A mesma voz, lenta e cadenciada, como se estivesse sempre declamando um poema, acompanhando-o com gestos precisos e harmoniosos, e até com o andar. Voz, gestos e andar de padre. Albertinho fora seminarista; saíra do seminário pouco antes de se ordenar.

Morava sozinho, num apartamento cheio de livros por toda parte: dicionários, gramáticas, coleções de literatura, livros antigos, em encadernações de couro, com lombadas douradas, livros em latim, do tempo do seminário... As estantes, algumas com vidro, iam até o forro, cobriam as paredes. E Albertinho ficava ali, no meio, sentado numa poltrona antiga de veludo vermelho, como um rei no seu trono.

Fora lá uma vez, levar um trabalho. Entrou e deu de cara com aquelas estantes todas e aquele cheiro abafado de livro, o mesmo que sentia quando ia à Biblioteca. Havia também alguns objetos no meio dos livros: bibelôs, estatuetas, caixinhas. E logo ao lado da porta um grande retrato de Camões. "Camões é o maior poeta da língua portuguesa de todos os tempos", disse ele um dia, numa aula. "O maior e o único. Os outros simplesmente tocaram na poesia; Camões arrebatou-a consigo."

Albertinho era doente por Camões. Sabia de cor praticamente todos os sonetos e partes inteiras de *Os Lusíadas* — sua ambição era um dia sabê-lo do começo ao fim, e dizia que ainda chegaria a isso.

"Alma Minha Gentil" — agora lembrava do apelido que tinham posto nele. Depois o apelido desaparecera. "O Alma Minha já chegou?" "O que o Alma marcou pra estudar?"

Albertinho não gostava de poesia moderna: "Poesia moderna não é poesia, é outra coisa." "Outra coisa por quê?", ele perguntara uma vez. "Por quê?" Albertinho sorriu: "Não é preciso nem dizer; não é necessário. Escute só estes dois poemas: um soneto de Camões e 'Dobrada à moda do Porto', o poema de um poeta moderno, Fernando Pessoa." "Eu conheço", ele disse. "Conhece? Fernando Pessoa? 'Dobrada à moda do Porto'?..."

Albertinho estava espantado. Era no primeiro ano, uma das primeiras aulas, e Fernando Pessoa estava lá nas últimas páginas do manual: quem era aquele menino que de repente dizia que conhecia um poema dele?

Pareceu duvidar. "Você por acaso sabe alguns versos de cor?" "Sei", ele disse; "sei o poema inteiro." Novo espanto. "Você poderia dizê-lo para nós, para toda a classe?" Ele disse, no silêncio da sala, os olhos fixos na carteira, meio ruborizado; Albertinho ia acompanhando com as mãos, até que ele terminou.

"Muito bem", disse, "muito bem... Mas agora escute este soneto de Camões." E declamou. "Vê a diferença?...", sorriu triunfal. "Gosto muito mais do 'Dobrada'", ele disse. Albertinho se assustou: "Gosta mais do 'Dobrada'? Mas como, menino? Como se pode gostar mais do 'Dobrada' do que do soneto? Um é poesia, a verdadeira, a magna poesia, poesia com pê maiúsculo; o outro nem chega a sê-lo, não chega nem a ser poesia com pê minúsculo." "Por que não chega? O que o senhor chama de poesia?" "O que eu chamo de poesia?...", e Albertinho olhou desnorteado para a sala. Ficaram mais de uma hora, depois da aula, conversando sobre o assunto. Depois disso, tinham sempre longas conversas a respeito de literatura.

E aquela vez fora lá, levar um trabalho. Ficara pouco, conversaram pouco, ele nem chegou a sentar-se. Albertinho fora muito amável, mas havia qualquer coisa ali que o intimidava de ficar. Talvez aquelas paredes opressivas, cobertas de livros, e aquele cheiro abafado. Talvez a solidão de Albertinho. Talvez aquelas coisas que diziam dele — que ele era. "É o quê?", perguntara um dia a um colega. "Pederasta", disse o colega. "Pederasta?" Ainda não conhecia a palavra, conhecia outras, e, diante do seu ar de interrogação, o colega perguntou, com superioridade: "Você não sabe o que é pederasta?" "Sei", mentiu; "eu não sabia é que ele era." Chegando em casa, olhou no dicionário, e lá estava: homossexual.

Albertinho... Bem que ele tinha mesmo um jeito diferente, todo delicado... E aquela voz, aquele andar, os cabelos... Mas era mais jeito de padre; ainda mais que ele contara que já estivera no seminário. Nunca pensara aquilo: pederasta. Um sujeito que ia à missa, que dizia comungar todo domingo, que vivia falando em religião — será que ele era mesmo isso? Não acreditara muito, inventavam muito esse tipo de coisa no colégio, já ouvira falar também de outros professores, e com esses estava na cara a mentira, não tinham nada de anormal. Não acreditara muito, mas passara a observar melhor Albertinho, os seus modos e as coisas que ele dizia — descobrir uma hora, no meio daquilo, o gesto ou a frase reveladora, inequívoca. Mas nunca descobrira nada, ficara nas suspeitas.

Um aluno, Bubu, contava mesmo que tinha sido cantado por ele.

"Cantado?", perguntou Marcinho, o mais ingênuo da sala; "você não disse que ele é veado?"

"Ô burro, cantado pra eu comer ele, ele queria me dar; está achando que ele queria é me comer? Porra, eu tenho cara de bicha? Vá à merda."

Comer ele, Albertinho. Quando ouvira isso, sentira uma espécie de náusea. Imaginava aquele homem, cadenciado e quase solene, que declamava os sonetos de Camões diante da classe em silêncio, aquele homem sempre de terno e gravata, imaginava aquele homem nu com um daqueles meninos, fazendo aquelas coisas, rindo, fazendo gestos lascivos, dizendo talvez as palavras mais porcas da língua, imaginava aquele homem, de cabelos cheios e tingidos, aquele homem com um menino atrás dele, fazendo como os cães na rua. Era de vomitar.

"Por que você não foi?", quis saber outro na rodinha, ali no pátio, durante o recreio.

"Por quê? Porra, sei lá, acho que eu fiquei com medo, eu mesmo não sei direito por quê; essas bichas religiosas, esse negócio de ficar falando em Deus toda hora e ao mesmo tempo dar a bunda, sei lá, isso não é certo, um cara assim não regula, a gente nunca sabe o que ele pode fazer, acho que é por isso que eu fiquei com medo. Uma vez eu disse pra ele que eu não acreditava em Deus, nem em nada dessas bobajadas; ele ficou impressionadíssimo. No dia seguinte ele veio logo conversar comigo: 'Um jovem de dezessete anos, com a alma repleta das primícias do Senhor...' O que é primícia? O foda de conversar com o Alma é isso, ele toda hora fala palavra que eu não entendo, acabo ficando puto e desistindo. Mas sei que ele ficou uma meia hora falando, e, puta merda, como ele falou bonito... São duas coisas que ele sabe: falar bonito e palavra difícil. Acho que o Alma conhece mais palavras que o dicionário. Tem hora que eu até desconfio que ele inventa algumas, umas palavras esquisitas que eu nunca ouvi falar..."

"Mas por que você não foi, hem, Bubu? Com o Alma..."

"Por causa disso tudo, porra, o jeito que ele é, esse negócio de ficar falando em Deus e querendo converter a gente, essa coisa toda. Vai ver que o cu dele até cheira incenso. Vai ver que tem até uma medalhinha de santo dependurada na bunda."

Eles riram.

"Não dá pé. Esses caras assim, a gente nunca sabe. Já li uns casos no jornal, são os caras mais malucos; eles fazem cada coisa que a gente não pode nem imaginar.

Esse pessoal que quer salvar a alma da gente é capaz de fazer tudo com o corpo da gente. Eu é que não sou bobo. Podia ser que não acontecesse nada; e fosse até divertido ver o Alma de quatro e tacar ferro no cu dele: ai, enfia, ai, ai... Acho que em vez de gozar, eu ia é cagar de rir na hora. Já imaginaram essa cena? O Alma sendo enrabado? O pior é se, à hora que a gente estivesse quase gozando, ele começasse a recitar um soneto de Camões ou *Os Lusíadas*. Aí ia ser de lascar..."

A turma riu.

"Mas eu banquei o bobo; depois é que eu fiquei pensando. Eu devia ter ido: aí eu dizia que eu só comia ele se ele me desse nota boa na prova; senão, eu não comia. Será que ele topava? Se ele topasse, então é porque ele estava mesmo doido por um cacete. E aí eu ia fazer a minha: primeiro, mandava ele ficar de quatro e latir feito cachorro; depois mandava ele rastejar ao redor dos meus pés; aí mandava ele lamber o meu pau e me chupar, e ainda engolir a porra. Só depois que ele fizesse tudo isso é que eu enrabava ele; senão, se ele não fizesse, nada feito. E ainda pegava o dinheiro, claro, isso é que era o mais importante."

"Dinheiro?", perguntou Marcinho, "dinheiro por quê?"

"Marcinho, você é virgem?"

"Virgem é a puta que pariu, tá?"

"Essa é que não é, benzoca, essa é que não é mesmo..."

"Essa quem? Ah, tira a mão de mim, vai pôr a mão na sua avó."

O sinal tocou, foram andando para a sala.

"Eu só tinha curiosidade de saber uma coisa", disse Bubu: "é se o Alma tinge também os cabelinhos do cu."

Uma risada de muitas vozes ecoou no corredor do colégio — e ecoava ainda em sua memória.

— Você vem sempre aqui? — perguntou Albertinho, os dois andando de novo.

— No Parque?

— É.

— Às vezes. Venho respirar um pouco de ar puro, ver árvores, plantas, pássaros. Distrair-me um pouco. E o senhor?

Sacudiu a cabeça:

— Também. A natureza é sempre aprazível.

Aprazível, as palavras do Alma Minha, Bubu: o que é aprazível? Albertinho se lembraria de Bubu? Perguntou por Vilmar, os olhos azuis de Vilmar, fazer casa é mais importante do que fazer poesia — que desperdício. Tantos nomes de alunos em sua memória, que idade teria? Os cabelos tingidos. Um homem estranho e misterioso.

— Costumo vir aqui aos domingos — continuou Albertinho. — Às vezes também em dias de semana, quando tenho um pouco mais de tempo e estou muito cansado.

O Parque nos dias de semana: marginais, mendigos, prostitutas à procura de adolescentes em suas primeiras aventuras sexuais, pederastas.

— Mas dia de semana aqui é um pouco diferente. Eu digo, o ambiente. Não é muito sadio. Você sabe, não?

— Sei.

Sentia-se perturbado. O mistério, a estranheza, a ambiguidade daquele homem a seu lado — qualquer coisa de réptil escorregando...

Olhou para trás, como se alguém estivesse observando-os. Teve vontade de parar e dizer até-logo — mas Albertinho recomeçou a falar:

— É um ambiente suspeito. Pouco aconselhável. Não para mim, evidentemente, que já sou um homem maduro, e até mesmo entrado nos anos. Mas para os jovens, sobretudo para os adolescentes, que estão nessa faixa perigosa da vida, em que o mal se veste das formas mais sedutoras, com perdão do cacófato...

Cacófato?

— Aliás não chegou a ser um cacófato.

— Isso é que eu pensei.

— Quase apenas.

— É.

Perguntar: "O senhor ainda gosta de Camões?" Desviar o assunto.

— Essa nossa língua, tão cheia de armadilhas... — disse Albertinho.

— Poucos conseguem escapar delas. Só mesmo os gênios. Um Camões, por exemplo — disse, mas na mesma hora lembrou do "alma minha". — Por falar nisso, o senhor ainda gosta muito dele?

— Camões? Sim, mas é claro; e cada vez mais. Camões é sempre novo, há sempre coisas por descobrir nele. Mas discordo de você: mesmo Camões tem seus cacófatos — e balançou o dedo: — *Quandoque bonus dormitat Homerus*.

— Claro. Rui Barbosa também, o famoso "por cada".

— Sim, Rui Barbosa também, outro gênio da língua. Você leu a *Réplica*?

— Não. Nem a *Tréplica*.

— A *Tréplica* é do Ernesto Carneiro Ribeiro.

— Eu sei; estou dizendo que não a li também.

— Na *Réplica*, Rui Barbosa falando dos cacófatos...

Um ônibus passou, quase vazio, um casal ia atravessando calmamente a rua com as crianças, a mulher empurrando o carrinho, e o marido com os dois meninos pelas mãos.

— Vou para lá — apontou numa direção da Avenida; — e o senhor?

— Eu também. Vou à missa das onze, na Boa Viagem. Olhou as horas:

— Dez e quarenta e cinco... Você já foi?

— À missa? Não. Não vou à missa. Não tenho mais religião. Sou ateu.

— Ateu — Albertinho fez um gesto indefinido no ar; — com que facilidade vocês dizem essa palavra... Olhe, olhe para cima, olhe esse céu, esse sol. Esqueça o que os livros te puseram na cabeça. Abra sua alma, seja, por um momento, puro como uma criança. Entregue-se ao esplendor dessa manhã. Você não vê Deus?

— Não; o senhor vê?

Albertinho deu uma risada.

— Ah, o cinismo dos jovens... Aliás é uma coisa que lhes assenta bem; tão bem como as olheiras depois de uma noite de pecado...

Com quem ele brinca? Consigo próprio?

— Na juventude o cinismo é uma atitude estética, e é por isso que é belo. Na maturidade e na velhice ele não tem mais nada de estético, é apenas ético, e é melancólico, muito melancólico. Que beleza há num velho cínico? Aliás um velho já não tem beleza nenhuma.

— Não penso assim.

— Que importa se você pensa assim ou não pensa? Você é um jovem e pode pensar o que quiser, nada faz diferença.

— Há uma dignidade na velhice, uma dignidade que a juventude não tem. Uma dignidade que a vida, a experiência, os sofrimentos, tudo isso dá à pessoa.

— Sim, há isso; há isso, que se parece um pouco a uma coroa de flores de defunto. Dignidade...

— É um valor como outros.

— Valor...

— Vale tanto quanto a beleza, por exemplo.

Albertinho sacudiu a mão no ar:

— Palavras. Vocês não sabem nada. Nada, entende? Nada!

Estava irreconhecível, vermelho, os olhos arregalados detrás das lentes grossas. Engasgou-se. Ficou olhando-o. Depois fez um outro gesto irritado e continuou a andar.

— Os jovens não sabem nada, e falam, falam, falam. Dignidade, valor... Pipocas! Isso sim; pipocas! Ora!

Haviam chegado à praça da catedral, mas Albertinho não parou. Começou a falar de novo:

— Você é ateu porque viveu pouco ainda. Para acreditar em Deus é preciso ter vivido muito.

— Isso é literatura, professor.

— É preciso principalmente ter pecado muito.

Parou de repente e olhou-o nos olhos:

— Qual é o maior pecado que você já cometeu até hoje?

— Maior pecado? — a pergunta o surpreendeu. — Sei lá; nunca pensei nisso, nunca preocupei de medir meus pecados. Além do mais, eu não acredito em pecado.

Albertinho deu uma risadinha:

— Você é um puro, Nei...

— Essa palavra não me agrada muito.

— A mesma resposta que dão sempre os puros...

Pararam de novo, em frente à catedral.

Albertinho olhou o relógio:

— É... Acho que eu já vou entrando... Já está quase na hora...

Estendeu-lhe a mão:

— Aparece um dia lá no colégio, rever a turma...

— Férias! — gritou Vitor no corredor. — Férias!

Zé cutucou-lhe atrás.

— Põe, bem, pode pôr, hoje eu estou até dando. Estou de férias; já pensou? Férias, Zezinho!

— Quando que você não esteve?...

— "Mundo mundo vasto mundo." Me abraça aqui, Esterzinha, eu te amo, eu te adoro. Você já viu um jovem mais belo do que eu? Me dá um abraço; eu estou de férias, meu amor!

Esterzinha, uma colega de Vitor, abraçou-o, ria, estava feliz também, todo mundo com um sorriso, os corredores cheios, gritos, uma alegria geral, comentários sobre as provas, projetos, despedidas.

— Não deixa de me escrever, não, hem?

— Você também, me escreve.

Ricardo parou no pátio e ficou dançando como um cossaco, agachado, de mãos na cintura, encolhendo e jogando as pernas. Depois acabou de chegar perto da turma:

— Ê vidão, hem? Todo mundo na farra. Quantos cafezinhos vocês pediram? O meu está incluído?

— O seu? Eu pedi — contou Zé, — mas disseram que hoje, como é o último dia de aula, eles não vendem café para bichas.

— Então o que você ainda está fazendo aqui?

— Estava te esperando para avisar isso.

— E quem te avisou?

Agachou-se e jogou as pernas em outro passe de dança.

— Ricardo cada dia mais maluco — disse Nei.

— "Somos todos uns loucos" — disse Zé.

— Olá, bichas, bichinhas e bichonas — saudou Vitor.

— Malas, malinhas e maletas; bolsas, bolsinhas e sandálias japonesas.

Martinha riu.

— Você fica rindo dessas bobagens, Martinha...

— Pelo menos no último dia a faculdade devia permitir à cantina vender bebidas alcoólicas — queixou-se Vitor. — Vamos fazer um abaixo-assinado pedindo isso? Aliás a gente podia fazer é um pedindo para o ano inteiro. Diabo, não sei por que essa merda, por que é que não vendem.

Chegou ao balcão:

— Tonho, por que vocês não vendem aqui bebida alcoólica? Já pensou o dinheiro que dava?

Tonho riu, no seu avental branco:

— Dinheiro dava mesmo, isso dava. Mas não pode, é ordem.

— Nós vamos fazer um abaixo-assinado. Hem, gente?

A cantina estava cheia.

Vitor falou alto, para todo mundo ouvir:

— Gente, ô gente, escuta aqui: eu tenho uma proposta. Vamos fazer um abaixo-assinado pedindo a permissão para a venda de bebidas alcoólicas na cantina. Quem topa? Quem topar levanta a mão.

Uns dois levantaram, outros disseram que topavam, a maioria ficou olhando para Vitor e rindo.

— Olha aí — ele disse. — Isso é que me desanima. E fica esse pessoal querendo fazer revolução, derrubar o governo e não sei mais o quê. Se uma coisa fácil dessas e da maior importância ninguém topa, é essa frieza geral, que dirá para as outras coisas. Esse Brasil está mesmo fodido, ninguém é de nada, ninguém quer nada com a dureza.

— Quem é esse? — uma menina perguntou à outra.

— Você não conhece?

Vitor ouviu.

— Pode deixar, que eu me apresento: eu sou Vitor, o poeta. Você nunca ouviu falar em mim?

A menina sorria sem jeito.

— O Vitor está nos dias dele hoje — comentou Zé. — Se ele tomar um só chope, já é capaz de começar com os discursos. É engraçado, fico pensando como o Vitor consegue fazer bons poemas, às vezes coisas geniais mesmo; ele não tem nada na cabeça. É um menino, olhem lá.

— É um poeta — disse Nei.

— É uma bicha, isso sim — disse Ricardo.

— Vitor é um ótimo sujeito, um grande amigo — disse Martinha. — Não fiquem falando mal dele, não.

As duas meninas se despediram. Vitor veio todo sorridente:

— Ela quer ler os meus poemas. Ela vai passar lá em casa amanhã, vou emprestar umas coisas para ela. Ela fez questão de ir amanhã mesmo. Chato, né, chato a gente ser poeta famoso...

— E a Juci?

— Juci? Eu digo que a menina é minha colega e foi buscar um livro que eu emprestei para ela, um livro de estudo. Eu já avisei para a menina: "Cuidado, que a minha mulher é a mulher mais ciumenta do mundo."

— E o que a menina disse?

— Ela não disse nada, não, mas acho que ela ficou meio apavorada...

Vitor passou a mão devagar na cabeça:

— Eu não devia ter dito isso, não, hem? Agora é que eu estou pensando... Já estou achando que ela nem vai aparecer mais lá em casa...

Riu:

— Se não for, azar; não vou ficar preocupado com isso agora. Nem com isso, nem com nada. Estou de férias, férias!

Havia sol, mas estava frio. Na rua, o vento soprava forte.

Foram para o Jangadeiro.

— Chope, chope e mais chope — disse Vitor.

O garçom fez uma cara de riso forçada e ficou esperando.

— Chope pra todo mundo — disse Zé.

— Para mim uma batida de amendoim também — disse Ricardo.

— De amendoim infelizmente não temos hoje — disse o garçom; — temos de limão, maracujá...

— Uma de limão então.

Ricardo olhou para os outros:

— Alguém mais aí? Batidinha de limão? Todo mundo?

Virou-se para o garçom:

— Todo mundo; chope e batida de limão pra todo mundo.

Era um sábado, de manhã, o bar cheio, um dos mais centrais e procurados da cidade.

— Ê burguesada... — disse Vitor. — Eu vos saúdo...

— Já vai começar?...

Os chopes e as batidas foram distribuídos.

— À nossa saúde!

— Às férias!

— À burguesia!

— Ai, chopinho delicioso... Me digam: há coisa melhor que um chope, gente? Me digam. Depois de mulher, é claro. Né, Martinha?

— Sim, senhor.

— Gosto da Martinha porque ela é sincera.

— Então? — disse Ricardo. — Quais são os planos?

— Planos? — disse Zé. — Pergunte ao Presidente da República.

— Ele me disse um dia desses — disse Vitor: — liquidar com essa cambada toda, essa raça de bandidos que se chamam estudantes, artistas, intelectuais, etcétera.

— Etcétera é o povo?

— Não; esse ele já liquidou antes.

— Ó o DOPS, ó o DOPS.

— Tá todo mundo preso.

— Por falar nisso, vocês já entraram na fila?

— Fila?

— Pra tirar passaporte para a Amazônia. Diz que daqui a uns anos não tem mais nada nosso lá; a americanada está tomando conta de tudo.

— Isso é só o começo. Ou, melhor, é mais um capítulo dos muitos que já houve e dos que ainda vai haver.

— Recebi ontem uma carta da Dalva — contou Nei. — Ela diz que as coisas que vêm por aí na política nacional são muito piores do que as que vieram até agora. Diz também que há a possibilidade de ela ganhar uma bolsa de estudos em Paris, mas que, se ela ganhar, ela não irá: ela acha que sair do país numa hora dessas seria um crime de omissão e covardia.

— É uma besta — disse Ricardo. — Crime de omissão e covardia... Essa gente da Ação Popular me mata de rir. São uns pândegos, como diria meu avô. Me dá uma bolsa de estudos em Paris: eu vou embora hoje mesmo, sem piscar.

— Você é um vendido, Ricardo — disse Vitor. — E se fosse uma bolsa para os Estados Unidos, você iria também?

— Mas é claro, evidente! Eu sou besta? Você acha que nós é que vamos salvar a pátria, Vitor? Deixa de ser criança. Você acha que o fato de nós ficarmos aqui ou sairmos vai mudar alguma coisa?

— Você não, realmente.

— Que eu o quê; nós todos. Deixa de onda, deixa de poesia, caia na realidade. E olha: acho que seria muito mais útil para o país que nós fizéssemos um bom curso lá fora, seja em Paris ou nos Estados Unidos ou onde for, do que ficar aqui fazendo esses conchavos do tipo AP, essa agitaçãozinha barata, sem futuro, inútil e até masoquista em muitos casos; tem gente hoje que só se sente realizada se estiver foragida, perseguida pelo governo, pelo DOPS. Freud explica isso muito bem. E te digo mais: se fosse você, você também iria, qualquer um de nós iria; é ou não é, gente? Você iria, Zé? Você, Nei?... Martinha; todo mundo...

— Bom — disse Vitor, — confesso que eu iria mesmo. Mas com uma condição.

— Qual?

— Se lá tivesse chope.

— Vá à merda, Vitor.

Vitor riu.

— O problema não é sair ou ficar no país — disse Zé.
— O problema é saber o que é mais útil. Ricardo tem razão: às vezes pode ser mais útil...

— O que nós somos, hem? — disse Vitor. — Estou vendo... Uns bons burgueses; mais nada. Isso é o que nós somos. Chope, Paris, e o resto que se dane... Não tem jeito, não. O jeito é mesmo devolver esse país pra Portugal. O problema é que eles não aceitariam mais. Quem aceitaria essa droga?

— Os americanos aceitariam.

— Aceitar o que já é deles?

— Eles têm uma indústria de lixo, transformam o lixo em produtos úteis. Poderiam fazer isso com o Brasil. Quem sabe o transformariam numa coisa limpinha, certinha, bonitinha?

— "De cada dois brasileiros um é doente." Sabem o que é isso? A conclusão de uma estatística do Ministério da Saúde. Dois de nós aqui somos doentes. E um é duvidoso.

— Eu sou alcoólatra: conta como doença?

— No Ceará o nível médio de vida é de vinte e sete anos.

— Quantas criancinhas mesmo morrem lá de fome diariamente?

— Uns morrem de fome, outros tomam chope e falam nos que morrem de fome.

— Pelo menos falamos, já é alguma coisa.

— Claro. Além do mais, isso não dá para atrapalhar o apetite, nem para tirar o gosto do chope. E o Ceará está bem longe daqui.

— Ceará não é só um estado: é uma situação do homem brasileiro.

— Cadê o homem brasileiro?

— Fome, doença, desabrigo, desemprego, analfabetismo: sessenta milhões de analfabetos.

— Militarismo.

— Essa não conta, essa é uma doença de toda a América Latina hoje, o Brasil é só uma das vítimas.

— Abaixo o diálogo!

— Abaixo os estudantes, abaixo os intelectuais, maldito o que semeia livros, livros à mancheia, e manda o povo pensar. Abaixo o poder da pena, viva o poder da espada! Viva a guerra! Viva a Bomba!

Vitor se levantou, fez posição de sentido:

— Ordinário: marche!

Puxaram-no para a cadeira.

Ele cantou:

— "Marcha soldado,

Cabeça de papel,

Se não marchar direito,

Vai preso pro quartel."

Gente rindo, outros olhando com atenção.

— Você é um louco, Vitor, quer ir parar no DOPS? — Ricardo olhava nervoso para os lados. — Quer levar a gente para o DOPS? Se você quer ir, vai sozinho, não põe a gente nessa fria, não.

— Você é um medrosão, Ricardo, um...

— É arriscado mesmo, Vitor — disse Nei. — É perigoso; aqui tem muita gente, pode ter até algum cara do DOPS.

— Se tem, que ele apareça!

— É um louco — repetia Ricardo.

— Louco é a merda, porra! — gritou Vitor.

Lá do caixa, o sujeito olhava com cara ruim.

— Vamos para outro lugar — sugeriu Martinha. — A gente paga e vai embora. Eles não estão gostando nada da gente aqui.

— Vocês ficam, e eu vou — disse Vitor. — Eu é que criei o caso, eu é que estou perturbando.

— Você é um louco, Vitor; você não vê o que você estava fazendo?

— Já sei, Ricardo, já sei, já parei também; porra, vê se para de me encher o saco; quantas vezes é preciso você me dizer isso?

— Os ânimos estão exaltados — disse Zé.

— É o clima em que a gente vive hoje — disse Martinha.

— "Reina calma e tranquilidade em todo o território nacional", declarou o Presidente da República. Portanto — disse Nei, — não se inquietem. Tudo em paz, tudo tranquilo, o céu está azul, a vida é bela. Dor de cabeça? Tome Melhoral, que é melhor e não faz mal. Nas próximas eleições eu vou propor o Melhoral para presidente da república, o que vocês acham?

— Eleições? O que é isso?

— Já vamos falar de política de novo — disse Zé.

— Vocês — disse Vitor. — Eu não. Eu não dou mais nem uma palavra. Vou conversar agora só com gente que não tem medo.

— Então você não vai conversar com ninguém — disse Ricardo.

— Eu falarei sozinho, alguém há de me ouvir.

— Palmas, palmas, um belo verso; é do seu último poema?

— Não, o último é aquele que você enfiou naquele lugar.

— Vivemos num círculo vicioso — observou Nei. — Nossas conversas são sempre as mesmas; elas vão e voltam sempre aos mesmos pontos.

— Você tem razão — concordou Vitor. — Acho que é por isso que às vezes me sinto tão cansado. Nada muda. Nada acontece. É a mesma coisa toda a vida.

— Que será que nos falta?...

Lá fora o vento frio de junho investia contra as árvores, e grupos de estudantes passavam em algazarra.

A cidade crescia para todos os lados: novos prédios, praças, vilas, a primeira rua asfaltada — era o progresso, todo mundo se orgulhando.

Era o progresso também que havia acabado com a Praça da Matriz, cheia de árvores, bancos de madeira, o velho coreto. Quanta coisa tinha vivido ali em sua infância e adolescência... Agora tudo calçado, umas árvores pingadas, do coreto nem mais sombra, quem não tivesse conhecido a praça antes não poderia sequer suspeitar que ele existira.

O sol ia alto, quente, o piso claro da praça doía em seus olhos, parecia um deserto ladrilhado. E, além do mais, achou-a feia. "Um arquiteto de fora fez a planta, um arquiteto de nome", lhe contaram. Que importava isso? A praça antes era verde, cheia de sombras frescas, agradável, bonita. "Você não gostou?" "Não", respondeu, "achei horrorosa" — como se, dizendo assim, pudesse vingar-se um pouco do que sentia por dentro: uma espécie de logro, de traição.

Estavam matando sua cidade.

Sua cidade? Andava na rua e não conhecia mais ninguém, só um ou outro amigo de tempos atrás, algum parente ou colega de ginásio.

— Você por aqui, rapaz? Como vai? O que você arranjou durante esse tempo todo, que não deu mais notícia?

Notícia pra quê? Todos dois estavam muito bem sem notícias um do outro, nenhum sentira falta disso; amigos de todo dia na infância, agora podiam viver anos, o resto da vida longe um do outro, sem sequer saber se o outro continuava vivo.

Outro amigo, colega de ginásio, as primeiras tentativas literárias feitas junto.

— Você foi para a frente, eu não. Tenho acompanhado de longe os seus triunfos; meus parabéns. Você ainda vai ser famoso. Pelo menos poderei me orgulhar de ter sido seu amigo e colega de ginásio.

— É uma questão de oportunidade. O importante é continuar escrevendo, não parar: quem faz isso acaba encontrando sua oportunidade. Eu também tenho acompanhado os seus poemas no *Correio*, eles me mandam sempre o jornal.

— O último que eu publiquei lá já tem quase um semestre.

— Eu sei, eu lembro — ele mentiu.

Recebia sempre o jornal da cidade. No começo, lia até os anúncios; agora, deixava o jornal num canto do quarto e acabava jogando-o fora, sem sequer tê-lo aberto. Lembrava-se, do tempo em que o lia, de ter visto várias vezes o nome do amigo e calculara que ele continuava publicando.

— Não tenho escrito mais nada, Nei. Também como ser poeta numa cidade como essa, uma cidade de analfabetos? Não tenho nem com quem conversar. Meus colegas de trabalho só querem saber de festas e futebol. Dizem que essa cidade progride; progresso material pode ser. Mas e o resto? E o espírito? E a cultura? Tem dia que me dá até vontade de suicidar...

— Por que você não sai daqui?

— Agora é tarde. A gente tem tempo para tudo nessa vida; se não faz a coisa quando ela deve ser feita, depois é tarde. Você saiu no tempo certo. Eu devia ter saído também. Agora estou amarrado: tenho minha mulher, meus dois meninos, meu emprego...

Padre Horácio também não estava contente com o progresso:

— As ovelhas cada vez mais longe de seu pastor...

O progresso tornara superadas as batinas, mas ele conservava a sua — negra, encardida, fedendo a suor, o macacão aparecendo debaixo.

Encontrara-o em sua antiga sala, debruçado num livro.

— Há tanto tempo...

— Eu vim aqui aquela vez...

A expressão de quem procura lembrar-se, como se fosse algo muito remoto, e não havia tanto tempo assim, só quatro anos.

Envelhecido, gordo, o corpo afundado na cadeira de braços, a respiração com algo de ofegante, difícil:

— O tempo passa... O tempo passa... E nós caminhamos para a eternidade... Sim, Ari, Brito, Melo, Sebastião...

Como iria me esquecer desses nomes queridos?... Temístocles, aquele jeito de falar assobiando...

— Temístocles era de outra turma, não era da nossa.

— Outra turma?... — os olhos longe.

— E o Jurandir, o senhor lembra?

— Jurandir... — repetiu o padre.

— O senhor costumava apostar corrida de bicicleta com ele no campo.

— Tenho andado doente, meu filho...

Padre Horácio era forte, atlético, ágil, corria atrás dos meninos, apostava corrida de bicicleta com eles, jogava bola, parecia um meninão.

— Tinha um retrato da nossa turma pendurado ali — Nei lembrou de repente; — o que virou dele?...

— Retrato? — o padre esforçou-se por virar a cabeça. — Oh, sim; creio que foi o prego, o quadro que se desprendeu... Acho que ele está guardado ali, no armário... — e fez menção de se levantar.

— Pode deixar, estava só lembrando.

— Sim, o retrato, como não? Vocês reunidos ali na entrada e eu no meio...

Balançou a cabeça, sorrindo:

— Minha turma preferida... Eu lembro de todos: Ari, Melo, Sebastião... Tobias, Tomás... Você...

Os olhos tiveram um brilho:

— Você ainda gosta de tocar violão?

Olhou para o padre: ele nunca tocara violão. Deu uma resposta vaga.

— Você tocava muito bem — disse o padre, acompanhando com a cabeça; — muito bem...

108

Lá fora não havia ninguém. Era férias, as salas de aula fechadas, o corredor silencioso, o pátio e o campo de futebol desertos.

Olhou pelo vidro da porta de uma sala: viu as carteiras, vazias, colocadas em ordem, o quadro-negro, as janelas, o buraco ainda numa das vidraças feito por uma bola.

Foi um princípio de futebol dentro da sala, a bola correndo por entre as carteiras, confusão e animação, um chute violento e vidro partido, gente correndo para fora, Padre Horácio chegando e fingindo não ver o vidro: "Lugar de futebol é lá no campo", e mais nada, ninguém de castigo.

"Padre Horácio é o cara mais bacana desse colégio. Viu só? Viu como ele fingia não estar vendo o vidro? Um buraco desse tamanho. E os cacos no chão?"

As carteiras vazias, as janelas fechadas, silêncio.

Você ainda gosta de tocar violão?

— Merda! — e deu um pontapé na porta, que fez um estrondo no corredor.

Agora passava os dias trancado em casa: não tinha lá fora ninguém com quem se encontrar, era um mundo a que ele não pertencia mais, nem desejava pertencer, outra geração, rapazes e moças de que se recordava garotos ainda, agora dirigindo em disparada pela cidade, vestindo a última moda, dançando os últimos sucessos musicais, tomando conta dos bares.

Até a zona boêmia: uma noite foi lá e viu que ela também já não era a mesma, havia mais casas, mais movimento — era o progresso em toda parte.

As mulheres, mais sofisticadas, mais bem-vestidas, mais profissionais.

"Tudo mudou, até as putas", pensou com amargura.

Sentou-se, pediu uma cerveja. Um rapaz moreno, com pinta de bicha, o serviu. Ele então perguntou o nome de uma loira, que estava sozinha em outra mesa.

— É a Diva; mas ela não é disponível, não. Ela é do Petequinha, ele deve chegar agora mesmo. Tem aquela outra ali, a Marluce: ela não te agrada? A Marluce é muito bonita, muito charmosa...

E ele ficou pensando: Petequinha... Não é possível... A melhor mulher ali... Seria outro? Lembrava de Petequinha ajudando missa, menino ainda, aqueles dias mesmo, devia ter agora no máximo uns dezesseis anos...

Pois era ele mesmo: logo depois ele entrava, barulhento:

— Cheguei, bezerrada!

"É isso o que sou aqui agora, em minha cidade: um estrangeiro", escreveu para Zé. "E minha casa, onde ainda encontro alguma coisa do que deixei e que foi meu desde menino, é como uma ilha em que me isolo."

Zé: "Pois eu até em minha casa sou um estrangeiro. Mas isso talvez seja só uma frase para acabar de encher a página e terminar essa carta, que não sei se vai te alcançar aí ainda. Não tenho visto o Vitor nem os outros, só tenho visto eu mesmo (no espelho), minha mãe, e os filhos da puta do banco. José, o Neurótico Genial."

— É tão ruim quando você vai embora — disse o pai.

— No fim do ano eu devo voltar...

Pessoas sentadas nos bancos da rodoviária, um ônibus saindo, três e cinco no relógio da parede.

— De vez em quando escreve — disse a mãe. — Sei que quando não há notícias, é porque está tudo bem, mas, mesmo assim, a gente gosta de receber uma carta.

— Eu escreverei mais agora; no primeiro semestre andei muito ocupado.

— Você engordou um pouco aqui; quando chegou, estava magro. Eu não quis te dizer, mas te achei abatido; parecia que você tinha estado doente antes e não me escreveu. Tinha?...

— Doente? Não. Era só o trabalho, as preocupações, a vida agitada que a gente leva na capital.

— Acho que esse negócio de escrever também — ajuntou o pai. — A gente tem que se concentrar muito, isso atrapalha o sono. Você tem dormido bem?

— Aqui eu dormi.

— E lá?

— Lá também — mentiu um pouco.

— A saúde é importante — disse o pai.

— Estou vendendo saúde, olha aqui.

— Agora está mesmo, sua mãe te tratou bem. Mas você vai embora...

O ônibus chegou, dez minutos atrasado, o trocador correndo para colocar as malas.

— Passe telegrama quando chegar — pediu o pai.

— Como é mesmo o nome da menina? — perguntou a mãe.

— Vera...

— Diga a ela que achei ela muito bonitinha.

— Eu direi...

Da janela, o ônibus saindo, abanou a mão em despedida — os dois juntos acenando, sorrindo, olhando para ele.

Ela veio correndo, os dois se abraçaram:

— Tudo bem?...

— Tudo bem, e você?...

— Puxa, eu estava com saudade...

— Eu também...

Foram andando pelo pátio, movimentado com o início das aulas.

— Mas então? O que você fez de bom? Descansou bastante?...

— Mais ou menos. E você? Animada a recomeçar?...

— Animada não estou, não, mas é preciso, né?...

Na cantina encontrou Queiroz:

— Como é, Queiroz, tudo bom?... E aquela cambada nossa? O que houve que eu não vi ninguém até agora? Morreu todo mundo? Onde que eles estão?

Queiroz riu:

— Onde que poderiam estar nesse primeiro dia de aula?...

— No bar, claro...

Vera não quis ir, disse que precisava fazer umas coisas.

— Amanhã te vejo, né? Então tiau.

— Tiau.

Lá estavam, na calçada do Jangadeiro: Zé, Vitor, Ricardo e Martinha. Abraços, risos, perguntas.

Nem tinham começado direito a conversar, Vitor apontou para o outro lado da rua:

— Olhem lá!...

Era Dalva.

Ricardo gritou, chamando-a; levantou-se e ficou acenando com espalhafato.

— Dal-vá! Dal-vá! — os outros batiam juntos na mesa, gente parando na calçada para olhar.

Ela veio, sorrindo sem jeito:

— Vocês, hem?...

— Sua bandida; chega e não avisa ninguém, né?

— O que você está fazendo aqui? Não está presa, não? O DOPS já sabe que você está aqui?

Vitor chegou perto de Ricardo:

— Que DOPS, Ricardo; você não manjou ainda? Você acredita nessa história toda da Dalva, essa história de agitação, AP, e não sei que mais?...

— E a bolsa de Paris? — perguntou Zé.

— Aqui — ela mostrou a bolsa que tinha na mão: — de Paris.

— Quero saber a outra.

— Mais chope — disse Vitor para o garçom. — E pode renovar esses aqui.

O garçom anotou no bloquinho e voltou para dentro.

— Ê mundo véio!... — exclamou Vitor, satisfeito da vida, esquecendo das conversas, olhando para a calçada, onde passavam algumas colegiais em uniforme.

O movimento na rua era maior, a cidade tinha um ar agitado e febril sob o sol luminoso das dez horas.

— Você vai reassumir no jornal, Dalva?

— Você acha que eles me aceitariam lá outra vez? Nenhum jornal aqui me aceitaria mais. Estou fichada no DOPS.

— O que você vai fazer?

Ela sorriu, mexeu a cabeça, não disse nada.

— Dalva, misteriosa como sempre... — disse Nei.

— Esse pessoal da AP... — Vitor rindo.

— Eu vou concluir o meu trabalho sobre o romance — respondeu finalmente Dalva.

— Uai, ele já está adiantado assim?

— Adiantado? Não; eu nem comecei ainda. Mas tenho bastante coisa anotada, li vários livros. Está tudo engatilhado.

— "Engatilhado"... — repetiu Ricardo. — Eu também tenho dez livros de poesia engatilhados...

— Você não disse na sua carta que as perspectivas são más, que vem coisa pior pela frente no Brasil?

— Disse e é mesmo, não estão sabendo? As forças da direita estão tramando um novo golpe, elas acham que o que está aí está muito fraco. A linha dura...

— Como você soube de tudo isso?... — interrompeu Vitor, sempre rindo.

— Você continua o mesmo, hem, Vitor?...

Vitor ergueu o copo:

— Viva o chope, abaixo a AP!

— Mas e vocês? A revista; quando estão pensando fazer o próximo número?

— O próximo?...

— E o último, tem saído algum comentário?

— Todo mundo diz que é genial — contou Zé. — Edição esgotada.

Dalva, séria:

— É mesmo?

Zé, rindo:

— Você acredita em tudo o que a gente diz, Dalva... Quem lê literatura nesse país?

— E o seu livro, Vitor, deram alguma resposta?

— Por enquanto nada. Estou esperando. Quem sabe algum dia dá na cabeça deles de lerem?

— Editora é assim mesmo — disse Dalva.

— No Brasil — observou Zé.

— É, no Brasil — concordou Vitor. — Aqui tudo é pior do que em outro lugar, tudo demora mais, tudo é mais difícil. E cada vez mais, com esses bostas lá em cima. Esse negócio de um novo golpe é sério mesmo, Dalva? Você ouviu mesmo dizer?

As notícias, nos jornais, cada dia piores: ia sair uma nova lista de políticos cassados; no Rio, a redação de uma revista fora invadida e depredada pela polícia do Exército, e o governo prometia tratar com severidade aqueles que teimavam "em fazer o país regredir ao caos em que se achava no governo anterior à Revolução de 31 de março"; na cidade, três estudantes da Faculdade de Ciências Econômicas tinham sido presos de madrugada pixando muros com dizeres ofensivos ao governo, e uma assembleia já estava marcada, pelos alunos da mesma faculdade, para decidir as medidas a serem tomadas com relação à prisão de seus colegas: "Caso estes não sejam soltos, há a possibilidade de que eles entrem em greve geral, com o apoio de outras faculdades e órgãos estudantis como o Diretório Central dos Estudantes e a União Estadual dos Estudantes."

Encontrou a sala de aula vazia.

— Estão em assembleia — disse Pinheiro.

Parecia com raiva; foi até a janela, os livros debaixo do braço, olhou para o pátio, voltou:

— Passei quase a noite inteira preparando a aula de hoje; ia dar uma aula magnífica...

— Hum...

— Essa situação não pode continuar, Nei; onde nós vamos parar? O primeiro semestre já foi assim; o segundo vai ser também?

— É...

— Greve, greve. O que esse pessoal quer? Hem? Tem um limite para tudo. Que reivindiquem o que acham certo, está bem; mas, diabo, e os estudos? Falam em "reforma universitária"; reformar o quê, se eles não assistem às aulas e não sabem do que precisam? Que profissionais darão esses rapazes, que só sabem fazer greve? E a gente aqui, fazendo papel de bobo; nosso papel está sendo esse, de bobo. Olha aqui...

Mostrou uma porção de folhas anotadas.

— Preparei uma aula magistral, Nei. Me perdoe a falta de humildade, mas é mesmo. Preparei uma aula linda sobre indução e dedução. Chego aqui: "Tamo indo pra assembleia." E agora a gente aqui, na frente dessas carteiras vazias, feito uns paspalhões, esperando que eles lá embaixo primeiro salvem o Brasil, para depois virem assistir às aulas. Estou por conta, estou mesmo.

Nei sacudiu a cabeça.

— Se isso continuar esse semestre, eu me retiro, abandono a carreira de professor. Aliás, acho que é o que todos nós devíamos fazer; os estudantes não precisam mais de professores. E aí as faculdades poderiam fechar-se de uma vez. Faculdade para quê? Para os alunos se reunirem e fazerem assembleia? Para isso não é preciso professores, nem salas de aula, nem livros.

— É...

— Não sei para onde estamos indo; confesso que não sei. Esse Brasil de hoje me assusta...

Pinheiro pegou o boletim que estava numa carteira: "A prisão de nossos colegas vem revelar mais uma vez o esquema de terror e violência que se constituem em sustentáculos da Ditadura Militar que se instalou neste país e que oprime a nossa gente. Mas não serão os fuzis, as metralhadoras ou quaisquer outras armas que irão nos calar, que irão impedir a livre manifestação do povo em busca da plena liberdade. Frente a mais esse ato de violência, vimos conclamar"... Largou o boletim, que foi cair junto a outros, espalhados pelo chão.

— É... O que se pode fazer?... Deixa eu ir ler o meu Spinoza... — fez um gesto vago de despedida e saiu da sala.

Nei ficou sozinho, à janela, olhando a paisagem.

Alguém o chamou na porta:

— Elaine, você por aqui...

Elaine se formara dois anos antes dele, em Letras, casara, sumira de vista, nunca mais a vira.

— O que você está arranjando? Não veio mais à faculdade, não deu mais notícia... E o Rodolfo, está bom?

— Rodolfo? Você não sabia que eu me separei dele?

— É? Não sabia, não. Quando?

— Já faz algum tempo; achei que você soubesse...

— Não; não sabia, não. Também não te vi mais...

Ficaram um minuto olhando para o pátio.

— O que está havendo aqui hoje? — ela perguntou, mudando a conversa.

— Assembleia; ver se entram em greve ou não.

— Aconteceu alguma coisa? Ando meio por fora.

— Três estudantes da Ciências Econômicas que foram presos.

— Ah, eu sei; eu li no jornal.

Lembrou de coisas que falavam de Elaine nos tempos de estudante: uma menina avançada, uma menina que põe em prática o que pensa. Começou a sentir-se excitado lembrando dessas coisas, e ela ali com ele, na sala. Observou-a quando ela se desencostou da janela, os seios sem soutien, aparecendo cheios na blusa, tremendo ao menor gesto.

— Mas me conta as novidades da faculdade — ela sorriu, — o que tem acontecido por aqui de interessante ultimamente...

Pouco depois desceram. A assembleia tinha acabado e o saguão estava movimentado.

Vitor veio encontrá-lo, esfregando as mãos:

— Greve, greve...

— Decretaram?

— Se até amanhã não soltarem os três; e como é quase certo que não soltem... Já pensou, uma grevinha agora, logo assim, no começo do semestre?...

Elaine tinha ido se encontrar com uma amiga; voltou, disse que ia descer de carro com a amiga.

— Me telefona, hem?...

— Telefono, sim — ele disse. — Tiau...

Vitor olhando.

— Você, hem, seu malandro?... Quem que é essa, Nei?

— Uma amiga minha. Ela estudou aqui. É casada, mas separou do marido.

— Ah... — Vitor riu e bateu-lhe no ombro. — Já vi tudo, já morei na jogada... Separada do marido... Há quanto tempo será que ela não mete? Deve estar doida já por um homem, isso a gente vê pelo jeito; ela já está naquele ponto, pingando. Conheço, sou bom psicólogo de mulheres... Quem sabe você passa ela pra mim?

— É, né? E na bunada, não vai dinha?

Domingos veio encontrar-se com eles.

— Como é? — perguntou Vitor. — Você acha que eles soltam os três até amanhã?

120

— Não sei — disse Domingos; — a única coisa que pode valer um pouco é essa ameaça da greve geral. Hoje à tarde vamos conversar com o Secretário de Segurança, temos uma reunião marcada com ele.

Um aluno, na porta, distribuía boletins. Nei olhava com atenção a saída para o pátio, esperando que Vera talvez aparecesse.

Quem apareceu foi Zé; veio até os três e ficou escutando a conversa.

— Promoções culturais — dizia Domingos; — não queremos ficar só no plano da ação política, estão me entendendo? Queremos totalizar a coisa, uma ação que atinja todos os setores: político, social, esportivo e cultural. Andei pensando aí nuns negócios e queria que vocês me ajudassem, dessem ideias, sugestões...

Domingos coçou o queixo:

— O que vocês acham de a gente fazer uma revista?

— Revista dá muita mão de obra — disse Vitor. — E, além do mais, já existe a *Literatura*; qualquer outra, perto dela, ficaria inferiorizada...

— Estou lembrando do Leopoldo — disse Zé; — a ideia daquela peça. A gente podia montar aí, no galpão do DA.

— Leopoldo é um amigo nosso que mexe com teatro — contou Vitor. — Ele estava com a ideia de uma peça sobre uma família burguesa hoje. Uma peça de crítica social, claro, mostrando o burguês, como ele vive, suas preocupações, sua fome de dinheiro, sua alienação, religião, sexo, tudo isso. Seria uma série de episódios com os membros da família. Nós três aqui escreveríamos. Pai, mãe e uma filha; cada um escreveria sobre um.

— Ótimo — disse Domingos. — Excelente.

— O Leopoldo é que dirigiria. Ele é novo ainda, mas muito bom, tem umas ideias geniais. Só é um pouco maluco...

— Lá vou eu! — ouviram, e Leopoldo irrompeu na janela.

— Porra! — gritou Vitor. — Isso é modo de entrar na casa dos outros?

Nei e Zé riam.

Na sala ao lado começou um choro de menino.

— Olha lá — Vitor com raiva; — acordou o Paulinho. Foi um custo fazer ele dormir ali; vem você...

Leopoldo saiu do escritório e num instante voltou, com o menino no colo. Fazia gracinhas, e o menino ria.

— Vamos começar logo a coisa — disse Vitor. — Põe esse menino lá, Leopoldo.

Voltou-se para a porta:

— Juci! — gritou.

— Qué ficá com o Popô — resmungou Paulinho.

— Que Popô merda nenhuma; você vai é dormir. Você já estava dormindo, e veio esse maluco te acordar...

Vitor encheu mais um copo de cerveja.

Juci entrou e levou Paulinho; ele foi chorando.

— O Paulinho é meu fã — disse Leopoldo. — Nessa idade e já sabe reconhecer um gênio.

— Toma aí seu copo — disse Vitor.

Leopoldo e Nei, sentados no sofá, começaram a conversar sobre um filme de Godard, que estava passando aqueles dias.

Zé olhava os livros na estante:

— Onde você comprou esse livro do Brecht?

— Esse eu roubei.

— E esse aqui, do Lukács? Tem algum aqui que foi comprado?... Uai, e isso aqui? Ístori of...

— Sua pronúncia é linda, Zé — disse Vitor.

— E vai me dizer que você sabe inglês?

— Não sei, não, mas pelo menos essa palavra eu sei: rístori, com erre.

— Se você não sabe, então para que você comprou o livro? Para encher a estante?

— Vai tomar na bunda.

— Foi exatamente isso o que o Godard disse numa entrevista — lembrou Leopoldo.

— Vai tomar na bunda? — perguntou Zé, sentando-se e pegando o copo.

— Eu lembro — disse Nei. — Eu li essa entrevista. Outra coisa que ele dizia lá é que não faz filmes para orientar ninguém: "Quem está procurando orientação que leia o *Reader's Digest*." É assim também que eu encaro a literatura. Ela não tem a função de orientar ninguém.

— Se possível, desorientar — disse Zé. — Isso é o que eu procuro fazer com os meus escritos. Perturbar a carneirada. Meio sádico, né?

— Acho muito sadio, por paradoxal que seja — disse Leopoldo.

— Depende do contexto — disse Nei.

— Claro — concordou Leopoldo. — Por exemplo, o caso de Godard mesmo.

— Porra! — gritou Vitor. — Nós marcamos esse encontro aqui foi para discutir Godard ou o que é que é?

— Essa bicha está histérica hoje — disse Leopoldo. — É falta de ferro, querida?

— Já vi que não vai dar em nada, já vi tudo — disse Vitor. — Nossa peça acabou, não precisa nem mais pensar.

— Veja, por exemplo, no *Acossado* — continuou Leopoldo, sem se importar com Vitor.

— Está bem — Vitor se levantou e ficou em pé diante deles. — Já que vocês querem é conversar sobre Godard, então vamos conversar sobre Godard, já que não tem mais peça mesmo. Bom, então é minha vez de dar opinião: acho Godard um chato, intragável, e acho que gostar dele é só mesmo por esnobismo.

— Vitor — disse Leopoldo, — de poesia pode ser que você entenda um pouco; mas de cinema? De cinema você entende bulufas, tá? Bulufas.

— E você? Você entende, Leopoldo? Vai me dizer que você entende? Ah, entende, você entende tudo, você é um gênio.

— Vê se cala a boca; e traz outra Brahma lá dentro, que meu copo está vazio, e essa aqui já acabou.

— Vai você, porra, não sou garçom de ninguém. E, além disso, vocês vieram aqui não foi para beber, foi para trabalhar.

— Está bem — disse Leopoldo. — Então vamos começar a falar da peça; mas você antes busca a Brahma.

124

— Vocês são uns exploradores — resmungou Vitor, pegando as garrafas vazias e saindo do escritório.

A parede forrada com cartazes de filmes e peças de teatro: *Deus e o Diabo na Terra do Sol*, *A Hora e Vez de Augusto Matraga*, *Liberdade, Liberdade*, *Os Justos*, *Os Pequenos Burgueses*.

Zé pôs *Sergeant Pepper's*, dos Beatles, na eletrola.

— E tem gente que diz que não há mais grande coisa na música hoje em dia...

— Para mim os Beatles são tão grandes quanto Bach — disse Leopoldo.

— Também não exageremos — disse Zé.

— E por que não?

— Bach é Bach, meu velho.

— E os Beatles?

— São os Beatles — disse Vitor, pondo a garrafa na mesa. — Agora vamos à peça. Antes de mais nada, um brinde ao sucesso dela.

Levantaram os copos.

— Agora vamos ver como a gente vai escrevê-la.

— O plano é aquele — disse Leopoldo.

— Eu fico com a filha — disse Vitor.

— Já começou a esculhambação — Leopoldo fechou a cara. — Não gosto disso; falou que é pra trabalhar, é pra trabalhar.

— Ah, é; agora é você que diz isso?

— Está divertido — disse Nei. — Essa preparação para a peça daria outra peça, talvez melhor do que a própria. Ou então: a peça nem chegaria a ser escrita.

— Parece que não vai ser mesmo, não... — observou Zé, rindo, ao lado da eletrola.

— Bom — disse Leopoldo, — vamos começar com o pai, que é o personagem mais importante. Quem fica com ele? Tinha que ser você, Vitor, você é que poderia escrever bem sobre o pai, você é o único aqui que é pai; sem falar no Zé, claro, que tem uns filhos espalhados por aí...

Zé riu:

— Prestem atenção nessa passagem; é um negócio... Preciso comprar esse disco para mim.

— Não vai roubar o meu, não — disse Vitor.

— Não sou você, que vive roubando livro nas livrarias.

— Só roubei um; qual outro que eu te contei?

— Mais da metade dessa estante aí deve ser. Não sei para que correr esse risco, se você não lê nenhum livro.

— Não leio, não, sua vaca?

— Quem vai ficar com o pai? — gritou Leopoldo de repente e tão alto, que todo mundo se assustou.

Vitor abanou a cabeça; dessa vez nem xingou.

— Vou te proibir de entrar aqui, na minha casa, Leopoldo; é o único jeito. O que esse pessoal da vizinhança vai pensar? Eles já não me olham com muito bons olhos, acham que eu sou meio maluco; e você ainda vem aqui com as suas maluquices...

Juci enfiou a cabeça na porta, meio assustada:

— Onde que foi esse grito?

Vitor apontou para Leopoldo:

— Onde que poderia ter sido?...

Juci riu, e voltou para dentro.

— Pela última vez — disse Leopoldo, pausadamente, acentuando as sílabas: — quem vai ficar com o pai?

— Por que a gente não põe a mulher viúva? — sugeriu Zé. — Já que ninguém quer ficar com o pai... Seria até mais interessante. A viúva burguesa...

— É mesmo — disse Vitor, gostando da ideia. — E a gente, no lugar do pai, põe um filho. Fica o casal de filhos. O que você acha, Nei?

— Acho essa ideia melhor.

— Os problemas do casamento, de sexo, vistos do ângulo de uma viúva...

Leopoldo escutava calado, os óculos quase na ponta do nariz, fino e comprido.

— E, para chocar, eu acho que a peça teria muito mais força — disse Vitor, entusiasmado. — A gente punha a coisa meio macabra: o marido morrera aqueles dias...

— Um negócio meio cômico também, para contrabalançar — disse Zé; — para evitar de cair no dramalhão. Mas cômico sombrio, humor negro.

— Você não está gostando, Leopoldo?

Leopoldo subiu os óculos vagarosamente.

— É; talvez essa ideia funcione mais que a outra.

— Acho que vai ficar ótimo — disse Vitor.

— Bom — disse Leopoldo, — então a gente faz assim. Deixa o homem de lado; morreu.

— E, além disso — continuou Vitor, — sendo o casal de filhos, a gente pode mostrar melhor os problemas da juventude hoje através de um e de outro: os problemas do rapaz e os da menina.

— É mesmo — concordou Zé. — Fica muito mais interessante.

— Está bem — disse Leopoldo. — Então fica assim, está resolvido. O homem fica de fora. Agora vamos ao que interessa: quem vai escrever a viúva?

Os três se olharam.

— Você não quer, Nei? — perguntou Vitor.

— Eu prefiro um dos jovens: o moço ou a moça, tanto faz.

— Então vai dar certo — disse Vitor: — você fica com o moço, e eu com a moça, já que para você tanto faz.

— E eu? — veio Zé.

— Você? — disse Vitor. — Uai, você fica com a viúva.

— E quem disse que eu prefiro a viúva?

Leopoldo encostou a cabeça no sofá, fechou os olhos e disse, pausadamente:

— Quando vocês resolverem alguma coisa, vocês me avisem, tá bom? Vou dar uma dormida. Assim, eu pelo menos aproveito melhor o tempo.

— Eu não digo que todo cara que mexe com teatro é bicha? — disse Vitor.

Às duas da madrugada os três despediram-se de Vitor — os quatro encharcados de cerveja, exaustos, mas felizes, dando gargalhadas de contentamento.

Depois de todo aquele tempo e de mais dezenas de discussões, entraram num acordo e tudo ficara resolvido.

Agora era só começarem a escrever a peça, em três atos: a história de um político às vésperas das eleições...

Um dia claro e límpido; agosto ficara para trás, sepultado na sua ventania exasperante e na sua bruma seca.

Sentados num banco da Praça da Liberdade, os dois olhavam o céu azul, sem uma nuvem.

— Que manhã... — ele disse. — É, com esse tempo acho que eu começo mesmo o meu romance...

— Você só fala nesse seu romance... Será que ele é tão importante assim?... — ela perguntou, distraída, limpando um cisco na blusa.

Ele não respondeu.

Ela olhou para ele:

— O que foi?... Puxa, você ficou chateado só porque eu disse isso?...

Ele voltou a olhar para o céu: já não via a beleza daquela manhã, e seu entusiasmo se fora.

— Você é sensível demais, Nei; a gente não pode dizer nada.

— Você chama isso de nada?

— Eu sei que esse romance é importante para você, eu sei; você acha que eu não sei? Eu só quis dizer que também não é assim. É como se ele fosse a coisa mais importante do mundo, como se nada mais houvesse.

— Você acha mesmo que é assim, Vera?

— Não sei; tem hora que... Sabe, às vezes a impressão que me dá é que não apenas esse romance, mas escrever é a única coisa que te interessa de verdade, nada mais tem importância... Está certo que você goste disso e que isso seja importante para você. Mas será que é tão importante assim? Será que o mundo vai depender disso?

Ele escutava calado.

Olhou então para ela:

— Por que você disse todas essas coisas, hem, Vera? Por que você disse, se você sabe que não é assim?

— Não; eu não sei, não.

— Não... — ele disse, mas preferiu não continuar.

Pegou um cigarro.

— Acho que nós nunca nos entenderemos — ela disse.

— Desse jeito não nos entenderemos mesmo, não.

— É como se você fosse por uma estrada e eu por outra — ela continuou; — de vez em quando nos olhamos, sorrimos, nos damos as mãos, e achamos que estamos juntos. Mas, na realidade, nunca estamos; há sempre uma distância entre nós, uma distância talvez até pequena, mas que nunca será transposta.

— Se você pensa assim, é claro que não será.

— Não é que eu pense assim: as coisas é que são assim. Não é você ou eu, é algo fora de nós, algo mais forte do que nós e que existe desde o começo, desde o primeiro dia em que nos vimos.

Ela fez uma pausa.

— Isso não quer dizer que a gente não continuará tentando; a gente continuará. Até chegar um dia em que a gente se cansará disso e desistirá.

— Então por que não desistir de uma vez?

— Não sei; talvez porque esse dia ainda não chegou.

Acariciou-lhe o seio: Elaine abriu os olhos. O quarto escuro; lá fora o silêncio da madrugada.

— Meu Deus!

Nove horas da manhã: folheava os *Diálogos*, de Platão, passava as páginas, voltava.

— Desculpem-me, mas não consigo lembrar exatamente até onde lemos na última aula...

Na saída, ia esquecendo o livro na mesa: um aluno foi quem mostrou.

— É a ditadura sem máscara — disse Vitor, chegando com um jornal, quando ele já ia descendo para ir embora. — Você viu? A nova lista dos cassados? Olha aqui...

Pegou o jornal, deu uma olhada por cima, seus olhos vagaram por outras notícias.

— Dessa vez cassaram todo mundo — dizia Vitor. — Caiu a máscara: é a ditadura completa e acabada.

A tarde passava com lentidão em seu quarto.

Seis horas: ia até a janela, voltava, sentava-se na cama, tornava a levantar-se.

Então saiu.

Apertou a campainha.

— Você aqui essa hora? — Elaine se espantou, talvez um pouco contrariada.

Ele entrou, deu uma volta cega pela sala do apartamento, enquanto ela acabava de fechar a porta.

Estava de roupão.

— Eu ia tomar banho, pensei que fosse a Margarida.

— Que Margarida?

— Não lembra dela? Aquela colega minha da faculdade; ela disse que ia passar aqui hoje.

Ela o observava.

— O que você tem?...

— Nada.

Aproximou-se dela e abriu-lhe o roupão: ela estava nua.

— Agora não, Nei.

Ele continuou.

— Não, Nei. Nei. Nei...



Passar por aquele vexame, o diretor chamando-lhe a atenção...

— Você é até muito querido pelos seus alunos, eles gostam muito de suas aulas...

E o diretor riu, entre cordial e irônico:

— Por isso mesmo é que sentem falta quando você não as dá. E como isso tem acontecido com uma certa frequência ultimamente, vieram aqui me dizer...

Como se ele fosse um menino — pito, puxão de orelha.

— Há algum problema, Nei? Alguma coisa relacionada ao curso, que eu pudesse resolver? Talvez algo que não esteja indo bem... Gostaria que você falasse com franqueza, é para isso que estamos aqui. Os alunos, o que você tem achado da turma?...

— Muito bons. Gosto muito deles.

— Eles também gostam muito de você, já me disseram. Você é o professor mais jovem do departamento, isso faz com que aumente o entendimento entre eles e você. Sei por experiência própria; eu também, quando comecei a dar aulas...

No fim, depois de se despedirem:

— É uma questão de manter um certo decoro profissional, compreende? Um professor que falha muito está prejudicando menos talvez os alunos do que ele próprio, em termos de carreira magisterial. Você é jovem e está no começo de sua carreira, deve refletir sobre isso...

Deu-lhe um tapinha nas costas:

— Espero que você entenda tudo o que eu disse menos como repreensão, o que não teria cabimento, do que como conselhos. Afinal tenho cinquenta anos e posso ensinar alguma coisa a quem tem vinte e cinco.

— Vinte e três — ele corrigiu.

Entrou na sala de cara fechada, mal cumprimentou os alunos.

Ficou um instante olhando pela janela, e então voltou-se:

— Por que vocês, em vez de conversar com o diretor, não vieram falar diretamente comigo, hem?

Os alunos ficaram olhando, espantados.

— Reconheço que eu tenho faltado muito; mas precisava vocês irem lá falar com o diretor? Não podiam ter falado diretamente comigo?

Notou então o espanto, uns olhando para os outros.

— Vocês não foram lá, falar com o diretor?...

— Falar o quê? — um perguntou.

Ele sentiu-se confuso. Contou a história para eles. Não, disseram, ninguém tinha ido lá.

— Mas então... Nenhum de vocês foi lá?...

Tornaram a se olhar; não, ninguém tinha ido.

— Alguém andou fazendo fofoca com o senhor — um, mais corajoso, se aventurou. — Mas pode estar certo de que não fomos nós, não. Se tivéssemos de fazer fofoca, não ia ser com o senhor, ia ser com outros aí...

— Deve ter sido o Pinheiro — concluiu outro. — Ontem, no intervalo, eu estava aqui, na sala, e então ele entrou e nós ficamos conversando sobre o curso, e uma hora ele me perguntou se o senhor já tinha dado bastante coisa do programa e se o senhor não vinha faltando muito ultimamente.

Ele riu: num segundo tudo ficou claro. Uma manhã daquelas, em que ele chegara atrasado para a aula, Pinheiro, no corredor, sacudindo o dedo para ele: "Lembre-se de que você não é mais aluno, e sim professor. Olha as responsabilidades..."

Mas não contou para os alunos, preferiu encerrar ali o assunto:

— Desculpem-me então; já sei que não foi mesmo vocês...

Uma menina foi até a frente, sorriu amável:

— Quer que eu apague o quadro para o senhor?

"E como isso tem acontecido com uma certa frequência ultimamente, vieram aqui me dizer..."

"Olha as responsabilidades", o dedinho no ar, as sobrancelhas repreendendo.

Essa foi boa, ele ia pensando, a caminho do elevador.

"Um certo decoro profissional, compreende?"

Foi simplesmente ótima...


— Vai embora, Nei. Vai embora daqui. Essa cidade não é para gente de talento, não. Para formar gente de talento, sim, ela é boa; mas depois é preciso sair. Quem fica está perdido: a cidade devora suas crias. É um círculo fatal, historicamente comprovado. O círculo está traçado desde o início. É preciso uma violência para rompê-lo. E isso tem que ser feito agora, quando se é jovem. Depois será tarde.

Otávio encheu de novo os copos. Bebeu e limpou a espuma do lábio.

Pôs a mão em seu braço:

— Escuta, escuta o que eu estou te dizendo. Se você não tivesse valor, tanto fazia ficar aqui ou sair. Mas eu sei distinguir um jovem de futuro. Eu vejo o seu futuro, eu o tenho quase diante dos olhos.

Ficou um instante em silêncio.

— Como eu via o meu... Como eu vi o meu um dia também, quando eu era moço, quando eu tinha a sua idade... Também me disseram para sair daqui, como eu estou te dizendo agora... A história é sempre a mesma, tudo se repete sempre...

— E por que você não saiu?

— Por quê? Eu fui ficando; fui ficando...

Estavam bebendo ali, na Gruta, havia mais de uma hora, e Otávio já falara de tudo; contara sua vida, suas queixas, mágoas e frustrações com a família, os amigos, a cidade, a saúde, o dinheiro, o trabalho, a vocação, a literatura — tudo.

Comovia-o aquele homem de quase setenta anos se abrindo assim com ele. Mas às vezes também sentia uma obscura irritação.

— Você acredita em Deus? — perguntou Otávio.

— Não.

Otávio virou-se para trás, outras pessoas bebendo ali dentro, naquele lugarzinho apertado, de paredes encardidas, engradados de garrafas pelos cantos, um cheiro de cerveja no ar:

— Alguém aqui dentro acredita em Deus?

— Eu acredito no Pelé — disse um, da mesa vizinha.

— Deus pra mim é dinheiro — disse o outro.

— Pra mim é mulher — disse o terceiro, todos três meio rindo.

— Esse cara já morreu há muito tempo, Otávio — gritou um lá do canto, de óculos; — você está por fora, velho.

Otávio riu.

Voltou-se de novo para Nei:

— Mas o que você respondeu?

— Respondi...

— Que não, claro, não precisa nem terminar. Isso é importante: assim, você acreditará mais em você mesmo.

— Marx também diz isso.

— Marx? Pois eu nunca li Marx. Nem Marx, nem Freud, nem Sartre, nenhum desses. Sabe? Acho que eu nunca li é nada. A única coisa que eu li é mesmo o *Almanaque do Capivarol*. Mas não espalha isso por aí, não: seria a pedra tumular da minha literatura. Ou não seria? Talvez não; talvez essa frase, se fosse parar num jornal, fizesse mais sucesso do que tudo o que eu escrevi nesses cinquenta anos. Talvez eu até ficasse imortal como o autor dela; o que certamente não acontecerá com os meus livros...

Otávio tomou de um trago a pinga que chegara, depois encostou-se à parede e ficou olhando para as outras mesas, os olhos pesados, querendo fechar.

— O Santos? — dizia o gordo, na mesa vizinha. — Deixa de bobagem, rapaz; o Santos está em plena decadência.

— Mas e o Pelé? — disse o outro.

— Pelé? — disse o gordo, no mesmo tom.

— Bom — disse Nei, — acho que eu já vou indo...

— É cedo ainda.

— Não, eu preciso ir...

Uma semana depois, ao pegar o jornal de manhã, leu a notícia da morte de Otávio, "vítima de um mal súbito". Uma notícia pequena, perdida no canto, entre o anúncio de um refrigerante e a reportagem, ocupando um quarto de página, sobre o casamento da filha de um banqueiro com um jovem da alta sociedade mineira.

Encontraram-se por acaso no pátio:

— Você não me procurou mais — disse Vera.

— Nem você me procurou.

— Eu te procurei um dia, mas você não estava; me disseram que você não tinha vindo.

Era hora de aula, não passava quase ninguém.

— Você está triste — ele notou; — o que foi?

— Problemas.

— Que problemas?

— Para que dizer?... — ela começou a chorar. — É um inferno...

— Por que você não me conta o que há?

Olhou para ela:

— Você não confia em mim?...

Ela não respondeu; enxugava os olhos com um lencinho.

— Sem confiança não pode haver amor.

— Amor... Nem sei mais o que é isso... O que é amor?...

Ele ficou calado.

A manhã parecia ter parado, sob o céu claro e limpo. De uma sala, pela janela, vinha a voz cantada e monótona de uma professora dando aula.

Algum tempo se passou com os dois em silêncio.

Ele então pegou um cigarro e olhou de novo para ela:

— Vamos tomar um café? — convidou.

— Não.

— E um refrigerante?

— Não.

— Nada?

— Não.

— Está certo — ele disse.


— Comentados no mundo inteiro — disse Zé, enchendo de novo os copos.

— Você está brincando — disse Milton, — mas quem sabe se daqui a alguns anos... Pelo menos algum nome vocês já começam a ter.

— Você me faz lembrar a dona de uma pensão onde eu morei. No almoço vinha aquela miséria de bife, daqueles que precisam de um microscópio para a gente ver. Então a gente reclamava. Quer dizer, os outros reclamavam; eu nunca fui de reclamar nada, nem de criar caso com ninguém; aceitava o que punham na minha frente e comia calado. Eles diziam: "Dona Filomena, esse bife está meio reduzido; a gente estuda, gasta muito fosfato, a senhora precisa trazer um bife maior." Ela concordava, sacudindo a cabeça, inteiramente de acordo: "O senhor tem toda a razão, Seu Fulano; de fato, preciso mesmo." E terminava: "No futuro quem sabe?..."

Os três riram.

O garçom chegou com a pizza já partida em três pedaços.

Cada um pôs um pedaço no prato. A pizza ainda estava quente, e a mussarela se espichava, partindo-se no ar.

— Tá um troço essa pizza — disse Zé.

— Está mesmo — concordou Nei.

— A Brahma também está boa — disse Milton; — bem geladinha.

— Está — disse Nei; — está ótima.

Estavam na parte de cima do Pelicano, numa mesa perto da janela. Dali viam o outro lado da Augusto de Lima, com suas butiques, de luminosos acesos, e os carros e ônibus subindo.

Eram os únicos fregueses ali àquela hora. O Pelicano estava sempre cheio na parte de baixo, mas em cima era mais raro, e por isso gostavam de ir para ali: era um bom lugar para se ficar, conversando, comendo e bebendo tranquilamente.

— Vocês têm visto o Vitor? — perguntou Milton. — Não tenho encontrado com ele no serviço.

— Ele não tem ido muito à faculdade também — disse Nei. — O último dia que eu encontrei com ele, ele me disse que tinha parado de beber, que ia "endireitar" a vida dele.

— Parado de beber? — disse Zé, erguendo os olhos do prato. — Isso eu considero entortar a vida.

— Ele de vez em quando tem isso. Resolve parar de beber, endireitar a vida. Disse que é um pai, sujeito responsável, não pode passar o tempo todo nas mesas de bar. Além disso, a bebida estava prejudicando a saúde dele.

— Quero só ver quanto tempo vai durar isso... — disse Zé. — Da última vez que ele decidiu parar de beber durou três dias.

— Essa agora ele disse que é pra valer mesmo. Me disse também que ia fazer uma revisão geral dos poemas dele, jogar fora o que não presta e juntar os poemas bons, para um próximo livro. Ele anda animado, disse que o poeta nele está renascendo...

— Os entusiasmos de Vitor — disse Zé, — as decisões dele... Seria uma coisa boa, se ele fizesse mesmo isso. Levar uma vida mais regrada. Às vezes eu fico pensando o que vai acontecer com ele, se ele continuar nessa bebeção de sempre. A gente se foder não tem importância, a gente é só a gente; mas ele tem a mulher e o filho. Não tenho nada com isso, mas às vezes tenho dó da Juci: aguentar os fogos do Vitor, as loucuras dele, os amigos... Ainda mais ela, que não liga muito para literatura, arte, essas coisas.

— É...

— Se o Vitor conseguisse parar de beber... Mas eu sei que ele não consegue, ele não tem força de vontade para isso. O Vitor é um fraco. Aliás eu também sou. Todos nós; já cheguei a essa conclusão. Só sabemos sentar no bar e falar das coisas que desejaríamos fazer; mas nunca fazemos nada. Só beber e conversar, conversar e beber. E de vez em quando escrever umas coisinhas que ninguém lê, nem toma conhecimento. E ainda temos a pretensão de nos considerarmos gênios. Essa é boa, gênios... Nem mesmo escritores somos. Onde está o que fizemos?

— Você também exagera — disse Milton. — Ainda é cedo, está todo mundo novo, não deu tempo de a coisa aparecer. Vocês, por exemplo: pelo menos uma revista vocês já fizeram. Acho que o importante agora é o que a gente pretende fazer, nossa perspectiva, nossa luta para começar uma coisa nova, nossos planos.

— Planos não resolvem.

— A gente começa com eles.

— Eu sei, mas vamos ficar a vida inteira começando? Já não era tempo de aparecer alguma coisa? Pois olha, eu vou ser sincero: tem hora que eu acho que não vai aparecer nada, vamos passar em branco: nem um livro, nem um nome.

— Não acho...

— A questão é que todo mundo prefere sentar na mesa de bar a sentar na mesa de trabalho. Claro: conversar é muito mais fácil, muito mais agradável do que escrever. Escrever não é mole, não; escrever é foda. A gente não pode, ao mesmo tempo, estar conversando e escrevendo. Ou escolhe uma coisa ou outra.

— Scott Fitzgerald fez os dois — disse Milton. — E outros escritores também.

— Mas ele às vezes deixava tudo e trabalhava até doze horas seguidas; e qual de nós que faz isso? A gente escreve três horas e acha que já fez muito, precisa contar pra todo mundo e tomar um chope pra comemorar. Escreve um conto, um poema, um artigo e acha que revolucionou o mundo, que é um escritor, um gênio. Para ser um escritor de verdade é preciso ser meio louco. E qual de nós que é louco? "Somos todos uns loucos", diz o Ricardo. Loucos nada. Somos é muito sadios, isso sim. Quem gosta de beber uma cerveja como a gente gosta não tem nada de louco. No final das contas, somos todos muito bem-comportados. "A gente lê os escritos de vocês e fica até meio assustada; mas vai conversar e vê que vocês são tão simpáticos..." Não lembram daquela mulher no lançamento? Tão simpáticos... Quem tem medo de nós? Fazemos revoluções, escrevemos livros, viajamos pelo mundo inteiro, tudo nas mesas de bar. Depois saímos e vamos pra casa dormir, muito contentes da vida.

— Você está exagerando muito — disse Milton, pegando a garrafa e pondo mais cerveja no copo.

— Exagerando... — Zé estendeu o copo para ele pôr mais um pouco. — Eu vou te dar um exemplo concreto e recente: a Dalva. A Dalva desde o ano passado, ou talvez até há mais tempo, vivia falando num livro que ela ia escrever sobre o romance, um livro que, segundo ela me disse uma vez, tinha a pretensão de se tornar imprescindível para consultas de qualquer estudioso sério do romance. Acontece que os estudiosos sérios do romance vão ficar sem esse livro imprescindível, pois ela não vai mais escrevê-lo.

— Não?...

— Pelo menos foi o que ela me disse um dia desses, em que eu encontrei com ela. Me disse que não está pensando mais nisso, que ela agora está preocupada é com "outras coisas mais importantes", que talvez em alguma ocasião futura... No futuro, quem sabe?... E, como sempre acontece, ela começou querendo tudo: um livro sobre o romance universal; depois ficou só o brasileiro; depois o brasileiro, mas só o urbano. Agora? Nem urbano, nem brasileiro, nem romance; nada de livro. Claro que ela nunca escreverá. Ela própria me disse que está abandonando suas "veleidades literárias". Ela falou brincando, mas no caso dela é isso mesmo, desde o começo foi: veleidades. Ela me disse que não é a literatura que vai resolver o problema do Brasil.

— A literatura nunca resolveu o problema de nenhum país — disse Milton. — A função dela não é essa. E quando ela quer fazer isso, acaba em má literatura. Veja o já clássico exemplo do realismo socialista, na Rússia.

— Ela está preocupada com a política, sempre esteve. Aliás não sei por que ela mexia também com literatura. Deve ter sido por descuido ou distração, como outros.

Zé afastou o prato.

— Isso foi só um exemplo — disse. — Você quer que eu te dê outro?

— Eu — disse Nei.

Zé olhou sem jeito para ele.

— Não estava pensando em você, Nei; sinceramente. Eu estava pensando em outra pessoa. Mas já que você disse isso, eu vou dizer o que eu penso.

— Diga...

— Eu penso o seguinte: você está sempre dizendo que está tomando notas para o seu romance, que a qualquer dia desses você começa. Eu acredito; eu acredito que um dia desses você começa mesmo. Mas o fato é que até agora você não começou. A Dalva não vivia dizendo que o livro dela estava "engatilhado" e só faltava escrever? Cadê o livro?

Zé pegou o copo de cerveja, mas, antes de beber, tornou a olhar para ele:

— Só tem uma coisa: na Dalva eu nunca acreditei muito, a literatura nunca foi o forte dela. Mas em você eu acreditava, Nei. Acredito ainda. Mas, não sei... O que está havendo com você?...

— É isso — disse Elaine. — Não vamos nos encontrar mais.

— Mas por quê?...

— Não é certo.

— Não é certo o quê?

— O que nós estávamos fazendo.

— Como você não disse isso antes?

— Antes eu não via direito as coisas.

— Agora você vê...

Ela continuou olhando pela janela, de costas para ele.

— Não devíamos ter começado; reconheço que o erro foi meu.

— É impressionante a tranquilidade com que vocês mentem... Você acha que eu estou acreditando no que você está dizendo?

— Acredite se quiser, Nei, o problema é seu — e ela se voltou, irritada: — Sabe? Eu não tenho que te dar satisfação nenhuma, por que tenho? Eu já disse tudo o que tinha a te dizer. Não tenho mais nada a dizer.

— Está bem; então tiau — fez um gesto meio cômico de despedida e saiu.

Na rua, ele recordava a cena e, era incrível, tinha a sensação de que fora uma cena presenciada por ele e não vivida, uma coisa de teatro, quase de telenovela. Chegava a ser engraçado agora lembrar o que ela dissera e seus gestos e expressões. Claro que ele não acreditara em nada do que ela dissera, mas preferira deixar passar e depois telefonar para saber o que tinha realmente havido.

— Alô...

— Elaine?

— Não, aqui é a Margarida, uma amiga dela. Quem quer falar com ela?

— Um amigo.

— Quem?

— Um amigo — ele repetiu, mais forte.

— Um momentinho, eu vou chamá-la.

Seu coração batia depressa.

— Elaine?...

— É. Quem está falando?

— Aqui é o Nei... Tudo bem?

— O que você quer?

— O que eu quero?... — e seu rosto virou fogo: — Eu quero que você vá...

O telefone foi desligado.

"Filha da puta... Vai ver que ela arranjou outro homem aí", ele ficou pensando. "Vai ver que ela arranjou algum cara aí, cheio da grana, para pagar o apartamento dela, passear de carro com ela e tudo... Só pode ser isso. A filha da puta..."

Lembrava das vezes em que tinham estado juntos e tudo o que tinham feito, lembrava de gestos dela, palavras, gemidos, cheiro, gosto, cada sensação, aquele corpo contorcendo-se na cama, aqueles gritos em seus ouvidos como os de um agonizante — e sentia-se tonto de impotência, despeito e ódio, sabendo agora que, mesmo sem conhecer a verdade, tinha de fato acabado.

— Olha só a classe — disse Zé.

Sentou-se meio de lado sobre a mesa, passou o taco para atrás das costas, inclinou-se, fez pontaria, e bateu: a bola resvalou de leve, e a três caiu na caçapa.

— Viu só?

— Com essa largura, você tem de ganhar...

— Que largura? Isso é classe, velho.

Nei foi pegar o copo.

— Vamos pedir mais uma Brahma?

Apertou a campainha, chamando o garçom.

Do enorme salão da Brunswick, com todas as mesas ocupadas (era sábado), vinha um barulho quente de vozes, batido de bolas, tacos, risadas.

Uma pessoa ali chegando, a primeira impressão que tinha era a de uma confusão inextrincável sobre o fundo verde das mesas; mas ocupava uma mesa, começava a jogar, e cada mesa ao redor ia adquirindo autonomia, com seus jogadores quase encostando nos da mesa seguinte e às vezes tendo de pedir licença ou desculpa, mas atentos apenas ao seu próprio jogo, a não ser num momento de distração ou de descanso, observando uma jogada em outra mesa, próxima, ou olhando para todo o panorama do salão, como Nei fazia agora.

— Mais seis meus.

— Essa não tinha mesmo jeito.

— Minhas sinuquinhas são foda.

A Brahma chegou.

Zé encheu os copos.

— Ontem deram uma bronca comigo no banco, um negócio lá que passou sem eu revisar. O chefe me chamou ao escritório e me deu uma esculhambação. Com jeito, com muita diplomacia, como esse pessoal sabe fazer; mas me chamou às falas.

— E você?

— Eu?

Zé pôs o cigarro na beirada da mesa, fez pontaria e deu a tacada: a bola bateu na quina da entrada e voltou devagarzinho, parando no meio.

— Eu gostaria de ter mandado ele pra puta que pariu — disse. — Mas a única coisa que eu fiz foi aguentar calado. Também o que eu ia dizer a ele? Mas isso foi bom; tudo o que me ameaçar para sair do banco é bom, será bem recebido.

— Hum.

— Agora estou passando a ir de barba crescida, e qualquer dia desses vou sem gravata. Tem gente lá que já anda me olhando com um olho meio esquisito...

Uma bola saltou com barulho de uma mesa, bateu no chão e foi rolando, até parar no pé de um rapaz; este catou-a e a entregou ao que foi buscá-la.

— Que porrada, hem?...

O outro riu.

— Sua mãe anda preocupada com você — disse Nei.

— Ela estava conversando comigo, antes de você chegar da rua.

— Minha mãe vive preocupada comigo. O que ela te disse?

— Ela me disse que não vê por que você pensa em sair do banco, que foi tão difícil para você conseguir esse emprego, que você já tem muitos anos de serviço, uma colocação boa...

— Meu suicídio ela não vê, não. Também o que ela pode entender de mim com a mentalidade simples dela? Se eu fosse seguir os conselhos dela, eu devia fazer é carreira bancária, chegar a gerente, ganhar aí uns bons milhões de ordenado. Já pensou, eu gerente de banco? É pra rir...

— A partida agora está pela oito.

Zé caprichando, todo concentrado na oito, lá na outra extremidade da mesa. A bola foi devagarzinho até a boca da caçapa e parou.

Nei deu uma risada.

— Acabou: essa aí é sem erro...

— É muito azar — disse Zé, já começando a tirar as bolas das caçapas para a próxima partida, enquanto Nei punha a oito.

— A primeira, minha.

Os dois colocando as bolas nos lugares.

Zé pegou o copo de cerveja.

— Mas o que mais que a Mamãe te disse?

150

— Essas coisas mesmo. Ela disse também que você precisa arranjar uma namorada, se eu não sabia de alguma para você...

— Namorada... Estou precisando é de uma buceta, isso sim. Uma mulher que queira dar para mim o dia que eu quiser e que ela quiser, mas sem nenhuma complicação, e também sem ter que pagar, porque ando duro, com uma porção de dívidas. Até hoje não acabei de pagar o *Machado de Assis*. Todo dia o sujeito vai lá em casa cobrar. Eu já disse para ele que eu não estou querendo dar o cano, que eu sou honesto; honestidade eu tenho, o que eu não tenho é mesmo dinheiro.

— Uma boa resposta.

— Não vai usar ela num conto, não, hem? Essa é minha; eu vou pôr na boca de um personagem meu.

— Por que você não põe outra coisa na boca dele?

— Ele só chupa laranja...

Os dois riram.

— Olha aí que sinuquinha caprichada... — disse Zé.

— Essa está do caralho...

— Não tem saída, não: aí você tem que ir é mesmo na seis; ou então na oito.

— Vou na oito — Nei decidiu.

Caprichou e deu a tacada:

— Viu só? Porra, essa foi genial! Viu como ela bateu devagarzinho? Viu o efeito que eu dei?

— Efeito... Uma bola fácil dessas...

— Fácil uma merda, Zé; você mesmo reconheceu que estava difícil. Foi genial. Categoria, hem?

— Já acabo com essa alegria sua... Pode até ir marcando mais quatro lá para mim. Mando de leve... A bola para... Assim... Agora pego a sete... Ou a oito?... Não, a sete mesmo...

Desde as nove horas jogando. À uma da madrugada pagaram e foram embora.

— Vamôs tomar um cafezinho? — propôs Zé.

Foram andando devagar pela Avenida, poucas pessoas passando.

Na esquina, o velho aumentando a chama do fogareiro, os pacotinhos de amendoim em papel cor-de-rosa, empilhados na mesinha de caixote.

— Olha o torradinho!

Nei sentiu, ao passar, o calor da chama, uma sensação boa, a noite um pouco fria, o céu estrelado.

— Gosto dessa hora da noite — disse Zé; — dessa quietude, desse friozinho... Uns tempos atrás, às vezes eu saía de casa ali pela uma da madrugada, depois de ler ou escrever, e ficava andando pela rua. Ficava horas andando, sozinho, observando o silêncio, os ruídos da noite, sentindo esse friozinho que só as noites de Belo Horizonte têm.

— É...

— Sabe, Nei, eu gosto disso aqui, não tenho vergonha de dizer. Gosto dessa cidade, por maior merda que ela seja.

— Eu também gosto — disse Nei, pensativo. — Também gosto dessas noites, desse frio, das montanhas; nossa turma de amigos... Por que eu iria sair daqui?...

— Você está mesmo pensando em sair?

— Às vezes penso...

— Rio?...

— Rio ou São Paulo; não sei...

— São Paulo não me atrai. Do Rio eu gosto muito; mas para ficar alguns dias, não para morar. É uma cidade muito dispersiva, acho que depois de algum tempo a gente não quer saber de mais nada, a não ser de praia e diversão.

— É...

— Não sei; pode ser que eu também saia daqui algum dia, mas agora não estou pensando nisso. E, depois, há a minha mãe: eu deixaria ela aqui, sozinha? Quem iria olhar por ela?...

Nei sacudiu a cabeça.

— Eu gostaria mesmo é de me tornar vagabundo, largar tudo e sair por aí, sem estar mais ligado a ninguém nem a nada.

Zé riu:

— Não deixa de ser engraçado eu dizer isso quando uma coisa simples como largar um emprego no banco eu não consigo e fico o tempo todo me atormentando...

— É...

— Mas não custa nada sonhar, não é mesmo? Por que não sonhar com as coisas que eu gostaria de fazer um dia? Eu não pago nada por isso, não me custa nada...

— É...

— Sabe, eu às vezes tenho uma espécie de visão negra da minha vida: nunca sairei do banco, ou, se sair, o dia que isso acontecer eu já estarei tão destruído por dentro, que nada mais me interessará, e eu passarei a viver como uma sombra, vegetando num canto, completamente só, sem amigos, sem ambições, apenas sobrevivendo até que a morte chegue... E então, se me vêm esses sonhos, quando eu imagino que tudo será como eu quero, por que eu vou afastá-los? Pelo menos na hora em que estou sonhando eu me sinto feliz. E quem sabe se algum dia... Muita coisa não começou com um sonho?...

O café estava fechado.

— Ê província... — disse Zé. — Uma hora da madrugada, e nem um bar aberto...

Foram procurar outro.

— Quer um cigarro?

Nei pegou. Zé acendeu os dois.

— Mãe às vezes fode a vida da gente — Zé continuou falando. — Minha mãe vive fodendo a minha. Começou pelo meu nascimento: eu pedi para nascer?

— Nascemos sem a nossa permissão.

— Depois foi a educação religiosa que eu recebi. Para escapar disso, sofri mais que pé de cego na pedreira; cheguei até o desespero, até a beira do suicídio. Depois o emprego: minha mãe fez tudo para me ajudar a encontrar um. Olhava os jornais, conversava com os outros, me animava; fez o que podia. Não foi nada fácil arranjar esse emprego, eu já te contei.

— Contou.

— Bem: agora ela não entende por que eu quero largar ele. Ela não pode compreender isso. E como eu vou explicar para ela, como eu vou convencê-la, como eu vou mostrar que não é isso o que me interessa? Como que ela pode entender que o banco é para mim um suicídio? Não é que ela se preocupe tanto com o dinheiro; quer dizer, o que poderia fazer falta para ela. Ela tem um dinheiro que recebe da aposentadoria e que daria bem para ela viver, modestamente. E num caso de urgência, de maior necessidade, temos aqui alguns parentes que poderiam ajudá-la; eles gostam muito de Mamãe, são muito prestativos...

— Sei...

— A preocupação dela é comigo. Se fosse para eu arranjar um emprego em que ganhasse mais, ela concordaria na hora; mas deixar o emprego por nenhum outro, para estar outra vez naquela mesma situação de antes, ou então por um emprego pior? E eu... Não sei... Não quero que minha mãe vá pedir dinheiro emprestado aos outros; não quero que ela passe por essa humilhação. E depois, também, ela já está de idade: o que seria dela se viesse uma doença mais forte e não tivesse alguém para olhar por ela?

— É...

— Às vezes eu penso tudo, todas as coisas que poderiam acontecer. A morte de minha mãe, por exemplo: que consequência isso traria para mim? Eu me sentiria livre para fazer tudo o que eu vivo planejando? Não sei. Pode ser. Mas basta Mamãe amanhecer queixando de uma dor de cabeça que eu fico preocupado o resto do dia, querendo chamar médico, indo toda hora perguntar se ela melhorou. Às vezes não consigo nem ler, de preocupação.

— Hum...

— Essas coisas não têm jeito de resolver, não... — disse Zé.

Pararam em frente a um bar.

— Você tem trocado aí? — Zé perguntou.

— Tenho — disse Nei.

Eles entraram.

O garçom veio.

— Dois cafezinhos — Nei pediu.

O bar já quase fechando, as portas descidas, só uma mesa ocupada, por três rapazes, cheia de garrafas de cerveja vazias.

— Sabe quais são os dois tipos de açucareiro?... — perguntou Nei.

— Quais?...

— Um é o em que o açúcar agarra e você tem de bater para sair: é o puta-merda. O outro é quando a gente não espera e cai uma porção de açúcar de uma vez: é o puta-que-pariu.

— Essa é boa...

Zé pegou o açucareiro. Virou: não saía nada. Ele então bateu, olhando para Nei e rindo:

— Esse aqui é puta-merda...

Um garçom começou a pôr as cadeiras, viradas, em cima das mesas. Eram cinco para as duas.

Andaram juntos mais um quarteirão, fumando o último cigarro, antes de se separarem.

Nas oficinas do *Estado de Minas*, as máquinas em pleno trabalho, barulhentas, visíveis ali de fora, as bobinas de papel enormes.

Na calçada, montes de jornais empilhados, amarrados com grossos barbantes. Dois meninos pobres, um branco e um preto, dormiam a sono solto dentro de uma carrocinha de madeira, cobertos por folhas de papel; de manhãzinha se levantariam para entregar os jornais.

Na rua, à luz dos postes, alguns empregados jogavam com uma bola de papel.

— Gol! — um deles gritou, e outro deu uma risada de alegria.

— Qualquer dia vou dar um pulo aí, na redação — disse Zé. — Ver se há possibilidade de emprego. Já soube que eles estão pagando mal, atrasam pagamento mais de mês, e outras coisas. E nem é exatamente esse o tipo de emprego que eu gostaria. Aliás eu não gostaria é de emprego nenhum...

Nei riu.

— Em todo o caso... Bem, melhor que o banco seria. Mas que emprego não seria melhor que o banco? Até catar lixo na rua. Um dia eu disse isso para Mamãe. Ela: "Não provoque a ira de Deus, meu filho; foi por graça dele que você obteve esse emprego." "É", eu disse, "Deus é mesmo muito engraçadinho..." Ela ficou calada.

Iam descendo a Rua da Bahia, depois da aula. O céu estava escuro, o ar carregado de eletricidade.

— É uma escritora francesa muito importante — ele disse. — Não quer ir? Às seis horas, na livraria.

Vera fez uma cara de enfastio.

— Vai ter umas coisas também para a gente comer e beber; salgadinhos, e talvez até uísque.

— Não estou com muita vontade, não...

— Nós ficamos só um pouco, depois nós saímos.

— A gente nunca fica só um pouco, Nei.

Ela parou e olhou para ele:

— E seus amigos? Eles vão também, não vão?

— Creio que sim.

— Pois é — ela continuou a andar.

— Pois é o quê?

— Eles acabam te chamando para ir a algum lugar beber.

— Eu não irei, se você for.

Ele parou e olhou para ela:

— Escuta, Vera: você tem alguma coisa contra meus amigos? Parece que você tem prevenção contra eles...

— Eu não; quem te pôs isso na cabeça? Você tem umas ideias despropositadas...

— Não parecem ser tão despropositadas assim. Por que toda vez que eu te chamo para ir a algum lugar a que eles também vão, você não quer ir?

— Toda vez? Acho que você está exagerando... Isso pode ter acontecido uma vez ou outra, por simples coincidência. Por que eu iria ter alguma coisa contra seus amigos? Eu nem conheço eles direito.

— Não conhece, nem parece interessada em conhecer.

Houve um relâmpago e depois um trovão forte, que foi morrendo em outros mais fracos.

— É uma coisa que eu venho notando há muito tempo e tinha vontade de te dizer.

— Você está imaginando coisas, Nei.

— Não sei se estou. É muita coincidência. Toda vez que...

— E se for mesmo assim?

Um elétrico veio estalando e passou, tão cheio, que sentiram a rua tremer.

— Se for, eu gostaria que você me dissesse por quê.

Pingos grossos começaram a cair.

Os dois ficaram sob a marquise de um prédio.

Em pouco, a chuva cobria toda a cidade.

— Sabe, Nei, eu vou ser franca com você. Tem alguns de seus amigos que eu não vou mesmo com a cara. Só de conhecer, já senti isso. Vitor é um deles. Zé, não, Zé eu acho simpático: calado, simples, atencioso com a gente. Conversei com ele só umas duas vezes, mas achei ele bacana. Vitor, só de olhar pra cara dele, eu já acho antipático; metido a ser o tal, gostosão, como se ele fosse o maior galã da praça. E ficar dizendo para os outros que é poeta; o que tem de mais ser poeta? Além de antipático, acho ele ridículo. Não sei o que você vê nele.

— Vitor é um grande amigo.

— Orlando é outro que eu também não vou com a cara.

— Que Orlando?

— Aquele de cabelo anelado, aquele agitadinho, serelepe.

— Ricardo.

— Ricardo. Pois é. Também não vou com a cara dele. Sabe, o único mesmo com quem eu simpatizo é o Zé, o único com quem eu gostaria de conversar mais, o único que parece não se julgar o tal e que não fica posando o tempo todo.

— Hum.

— Não estou me desmentindo, mas te confesso que realmente não me atrai muito ir a esses lugares aonde vão seus amigos e essa gente que costuma andar com vocês.

159

— Que gente costuma andar conosco?

— Escritores, artistas, intelectuais; esse pessoal. Não sintonizo com essa gente. Parece que todos eles se julgam os tais. E as conversas, as poses, as máscaras... Acho uma gente muito falsa. Não sei como você pode gostar deles, Nei.

— Quem disse que eu gosto?

— Se não gosta, pelo menos anda com eles.

— Não ando com eles, ando com os meus amigos, o que é muito diferente. Meus amigos não são assim. Você está confundindo as coisas.

— Você é que está defendendo seus amigos.

— Defendendo, não; estou te mostrando que eles não são como você pensa.

— Está defendendo.

— Que defendendo, Vera?

— Está, Nei.

Ele fez um gesto de irritação e se calou.

A chuva caía de chapa no asfalto, a rua deserta, pessoas sob as marquises, esperando a chuva passar ou diminuir.

— Você precisa deixar de lado esses preconceitos, Vera.

— Não simpatizar com os outros é preconceito? Não sabia.

— Como você pode dizer que simpatizou ou não com uma pessoa se nem chegou a conversar direito com ela, se conhece ela quase só de cumprimentar?

— Só de cumprimentar, e já basta.

— Não basta, não.

— Para mim basta, Nei; mais do que basta.

— Não estou dizendo que é preconceito?

Ela ficou calada.

— Veja o Vitor, por exemplo.

Ela voltou-se para ele:

— Nei, o que você quer? Você quer me fazer gostar de uma pessoa que eu não gosto?

— Quero te mostrar que a gente não deve agir assim, que a gente não deve se deixar levar por uma simples impressão. Simpatia, antipatia: que quer dizer isso? São coisas muito vagas.

— Não para mim.

— Uma pessoa muitas vezes não se deixa conhecer do primeiro contato. Meu avô costumava dizer que é preciso comer um saco de sal com uma pessoa para poder conhecê-la. Não é um saco de sal, são muitos, é preciso a vida inteira, e às vezes nem a vida inteira dá. As pessoas são muito complexas, mesmo as pessoas que parecem simples.

Ele olhou para o céu, cinzento de chuva.

— O caso do Vitor, por exemplo.

— A gente podia mudar de assunto, hem?


De tarde, às seis horas, ainda chovia. O asfalto encharcado, poças d'água, as bancas de jornais cobertas com plástico.

Andar na Rua da Bahia àquela hora, com aquela quantidade de gente e os guarda-chuvas, era de desesperar qualquer um.

Zé e Vitor estavam na porta da livraria.

— Uma dona ali quase me furou o olho com a sombrinha — ele contou. — Esse pessoal... Eles acham que a rua é deles... Como está a coisa aí? Já começou?

— Ainda não.

Havia bastante gente, muitos de terno e gravata, meninas na última moda.

— O troço aí está granfino, gente de society — disse Vitor. — Podemos ir embora; não tem pra nós, proletas, não.

Lá no fundo um bolinho maior, onde devia estar a escritora.

— Já viram ela? Que tal?

— Bagulho — disse Vitor. — Eu pensei que fosse uma francesinha bacana, dessas que a gente vê nos filmes. Eu já tinha até treinado uma cantada pra dar nela: *Voulez-vous coucher avec moi?*

Metido a ser o tal, gostosão. O avô tinha razão: um saco de sal.

— Você pensou que ela era assim — disse Zé, — porque você não abriu aquele livro que você tem lá sobre a moderna literatura francesa: nele tem uma foto dela. Eu não digo que você não lê nada?

— Vamos ao que interessa — disse Nei: — vai ter uísque?

— Correm alguns boatos — disse Zé; — boatos favoráveis.

— Eu estou aqui só pra dar uma olhada — disse Vitor; — ver as meninas e conhecer a madame. Não vou beber. Talvez um martinizinho, se tiver, por solidariedade a vocês. Eu não estou bebendo mais nada. Endireitei minha vida, e dessa vez agora foi mesmo para sempre.

— Para sempre... — riu Zé. — Você, Vitor? Pode ser. Aliás, se for, até eu ficarei satisfeito com isso. Acho que assim é melhor para você.

— E os outros amigos nossos? — perguntou Nei.

— O Ricardo está lá dentro. O Milton disse que vinha.

— Encontrei com o Leopoldo ali pelas cinco horas — contou Zé. — Ele disse que ia buscar a peça e depois passava aqui, na Itatiaia, para dizer pra gente como foi. Como vocês acham que vai ser?

— Esse pessoal da censura é burro — disse Nei. — Isso é a coisa básica que sabemos sobre eles. Além de burros, analfabetos de pai e mãe. E, terceiro, são todos recalcados, complexados, neuróticos. Portanto, é muito difícil a gente calcular o que eles vão fazer. Não tem lógica nenhuma a atitude deles.

— Acho que eles não vão entender as nossas sutilezas — disse Vitor, — e por isso a peça vai passar. É muito difícil para eles perceberem.

— Mas tem umas passagens mais claras e violentas, como aquela sua do discurso.

— Por falar em discurso — observou Zé, olhando para dentro, — parece que o do lançamento já começou.

O pessoal havia se agrupado lá no fundo, de costas para a entrada. Alguém falava.

— Vamos chegar lá perto?

— Prefiro ficar aqui na porta, olhando as meninas — disse Vitor; — o movimento está bom...

Nei e Zé entraram e ficaram atrás do pessoal.

O orador, João Barbosa, um escritor presente a todos os lançamentos, falava na "glória eterna da Cidade Luz, a atmosfera incomparável de seus quarteirões, o deleitável e poético fluir do Sena"...

— Puta merda — disse Zé; — "deleitável e poético fluir do Sena"... Essa foi do caralho.

— A sorte é que ela não está entendendo nada — disse Nei; — senão, ela sairia correndo dali.

"Meus caros confrades" — o orador tremeu a voz: "não é apenas uma romancista francesa que aqui tendes agora entre vós; é toda a França."

A romancista sorriu gentilmente, talvez distinguindo a palavra França e ligando-a ao gesto amável do orador.

"E mais; sim, e mais, direi eu, sem incorrer na pecha de exagero: é toda a literatura do mundo inteiro. E por que não? Sim, meus amigos, por que não?, eu vos pergunto. Assim como num grão de semente está representada uma árvore e, em verdade, todas as árvores do mundo, assim também num escritor"...

Ricardo foi saindo de leve lá do grupo. Viu os dois.

— Meu Deus, isso é uma obra-prima!

— Você já vai embora?

— Não, vou lá fora tomar um pouco de ar fresco; esse discurso foi demais para mim, meu espírito não foi feito para aguentar tanto...

"Não só a clássica harmonia dos versos de Corneille, não só a ironia jovial de Voltaire, não só a grandiloquência de René de Chateaubriand, não só o gênio fecundo de Honoré de Balzac, ou o realismo amargo do velho Flaubert, ou ainda o ceticismo de mestre Anatole, que fez as delícias de nossa juventude; mas também, meus senhores, mas também, nos nossos dias, nesse nosso século conturbado pelo cataclismo de tantas guerras e revoluções, e pelo advento de tantos engenhos novos do espírito humano, a prosa irisada de melancolia de um François Mauriac, os personagens torturados de um André Malraux, o lirismo sem par de um Saint-Exupéry, ou a náusea existencial de um Jean-Paul Sartre. E é por isso, meus senhores e minhas senhoras, é por isso que eu digo e repito: é uma glória para nós, para todo o povo destas alterosas, ter aqui conosco neste momento a presença de tão ilustre figura das letras francesas contemporâneas. E é com um misto de temor e de júbilo que, confesso, este vosso humilde escriba recebeu a pesada incumbência de saudá-la. E, por que não dizer também, com um sentimento de orgulho; orgulho porque a França"...

— Quinhentas páginas.

— Deve ser o próximo livro dele: *Discurso de Saudação a*...

O pessoal bateu palmas.

— Acabou — suspirou Zé. — Vamos ver ela agora.

"Meus caros amigos", começou outro orador.

— Porra, outro discurso! Não é possível...

"Depois de tão brilhantes palavras"...

Os dois foram para fora.

— Ainda vão discursar uns vinte caras — disse Nei.

— Provincianismo — comentou Ricardo.

— Quem sabe se é o Sartre que está aí? — disse Vitor.

— Você precisava ver o discurso do Barbosa — contou Zé. — Uma pedrada no saco. Agora é o Jair que está falando; deve ser mais genial ainda.

— Se isso aí fosse a literatura mineira, eu já tinha desanimado de escrever. Ou então ia para outro lugar e mudava a minha cidadania...

— A gente devia é jogar uma bomba aí dentro: seria um gesto de caridade para com a literatura mineira.

— Vocês são cruéis — disse Martinha, que chegara havia pouco. — Deixem eles, coitadinhos. É um modo de se realizarem. Às vezes não tiveram a oportunidade que vocês tiveram. Que mal que eles estão fazendo?

— Estão fazendo mal à literatura — disse Vitor, não muito interessado na conversa, mais interessado nas meninas que passavam.

As luzes da rua já acesas, a chuva continuando a cair, fina, quase invisível, a temperatura um pouco fria.

— Voltemos ao meu problema — disse Telmo, que também tinha chegado havia pouco.

— Qual é o seu problema? Pedir um autógrafo a ela? Não seja tímido, Telmo.

— A ela não — disse Zé: — ao Barbosa. Pode ir, que ele te dará com prazer.

— Uma entrevista para o jornal — disse Telmo; — acontece que eu não sei que perguntas faço, nunca li nada dela. Vocês já leram alguma coisa?

— O Zé já — disse Vitor. — O Zé já leu todos os escritores do mundo. Pode perguntar a ele sobre quem você quiser, que ele te fala.

Deu, rindo, uma olhada para Zé e voltou-se de novo para o movimento na calçada.

— O problema também é que eu não sei falar francês — continuou Telmo; — só sei *bonjour, je ne sais pas, madame*, essas coisas. Não sou capaz de fazer uma pergunta.

— O que você está fazendo aqui então? — disse Ricardo.

Telmo olhou para ele e fez uma careta. Depois abraçou-o:

— É que eu sabia que vocês vinham aqui, e como vocês falam fluentemente o francês e conhecem mais do que ninguém a literatura francesa contemporânea...

Palmas lá dentro.

— Parece que o treco acabou — disse Zé.

O pessoal conversando, espalhando-se aos grupinhos pela livraria.

— Então vamos para dentro, já está na hora do uísque.

— Espero que ele apareça — disse Nei.

— Eu também — disse Zé. — Não vim aqui pra escutar discursos. Vim aqui pra beber à custa dos outros, e ver o monstro. Ela é simpática, não acharam?

— Achei um bagulho — disse Vitor.

— Eu não disse que ela é boa; eu disse que ela é simpática.

— Mulher simpática não me interessa. A mulher tem que ser é boa. Se ela é romancista ou não, também não interessa, nem se é genial.

— Você é um tarado, Vitor, sua opinião não conta. Não empurra, não; você quase me fez derrubar aquela velha ali.

Vitor riu:

— Eu gosto de ver o Zé nervoso... Olha lá o uísque!

— Onde? — todos perguntaram quase ao mesmo tempo.

— Puxa, quantos anos tem que vocês não bebem um uísque, hem?

— Aqui é a confraria dos pinguços sem dinheiro.

Ricardo passou a língua nos lábios, arregalou os olhos:

— Uísque!... Uísque!...

— Será que ele chega até aqui? O melhor é a gente ir lá pegar.

Foram abrindo caminho entre as pessoas.

Nei deu com Albertinho:

— O senhor por aqui? Não sabia que o senhor costuma vir a lançamentos...

— Eu não costumo mesmo; acontece que...

— Um momentinho só, deixa eu pegar um uísque ali. Quer um também? Ah, já tem. Um momentinho...

— Nei, me ajuda: minha entrevista. Dá uma sugestão.

— Vou só bater um papo ali, com um professor meu no colégio, e já volto. Aguenta a mão aí, vai pensando, tem muito tempo, isso aqui vai demorar. Peça ao Zé, ele é bom para isso; o Vitor, a Martinha...

Olhou, procurando os três: haviam sumido entre as pessoas.

— Mas então...

Albertinho sorriu:

— Bom, eu comecei a dizer, aconteceu assim: eu estava lá no fundo, num canto, olhando a seção de literatura clássica, todo concentrado em minhas buscas; quando vejo, está essa multidão de gente. Aí fiquei sabendo do lançamento, e já ia embora, porque não gosto disso, quando encontrei o Barbosa: ele então me contou que ia fazer a saudação, e aí me pediu que eu ficasse. Eu fiquei. Mas não gosto dessas coisas; temperamento...

Nei sacudiu a cabeça.

— Esse uísque está bom, né? Não entendo muito de bebidas, mas esse aqui me sabe bem. É nacional ou estrangeiro? Sou incapaz de distinguir. Em matéria desses assuntos mundanos eu sou um ignorante completo...

— O senhor gostou da saudação?

— Sim, embora um pouco prolixa para o meu gosto. Faltou-lhe a virtude literária da concisão, sem dúvida a mais difícil de todas. Falei isso com o Barbosa, ele veio depois perguntar a minha opinião. Eu lhe disse que ele podia ter cortado a metade do discurso, que ela não faria falta. Ele não gostou...

— Hum...

— Cá entre nós — e Albertinho chegou mais perto: — ele podia ter cortado é o discurso inteiro...

Os dois riram.

— Mas está muito agradável aqui, não está? Toda essa gente, essa musicalidade dissonante de vozes e risos, e mesmo esse uísque, embora eu só beba raramente. Tudo isso é muito agradável, estou contente de ter ficado. Levo uma vida muito solitária; às vezes... Mas não vamos estragar a festa com os nossos problemas. Você já leu o livro da nossa autora?...

— Eu já tinha lido antes, no original.

— Eu não li. Quem me falou muito nela foi o Netinho. Netinho é um aluno meu no colégio, você não deve conhecer. É um menino inteligentíssimo. De uma sensibilidade... Você gostaria de conhecê-lo, ele tem alguma coisa que lembra você quando você foi meu aluno: meio calado, às vezes umas perguntas que ninguém espera... Você não era assim?

Nei sorriu.

— Você era um pouco mais atrevido. Ousado, digamos melhor. Você era mais perspicaz, mais rápido para pegar as coisas. E meio irônico também... Ou você esse tempo ainda não era assim?...

— Não sei...

— Ele é mais receptivo, mais calmo, mais... Não sei. Ele não faz tantas perguntas como você fazia; ele é mais tranquilo.

— Hum.

— É um lindo garoto. Não só o espírito, mas fisicamente também: ele tem olhos azuis. Ah — Albertinho suspirou, — a paixão que eu tenho pelos olhos azuis... É uma coisa antiga em mim e que até hoje não consegui explicar. Acredito que ela é realmente inexplicável, assim como não posso explicar o formato de minhas mãos, ou o som de minha voz. São coisas com que a gente nasce. Já cheguei até a saltar de ônibus na rua para seguir pessoas de olhos azuis.

— É?...

— As loucuras do velho Alberto... Que Deus me perdoe tudo isso no Dia do Juízo... Desculpe-me, Nei; acho que é esse uísque que está me pondo loquaz. Nós, que não estamos acostumados a esses vícios...

— E a outros?... — Nei perguntou, muito ambíguo.

— A outros?

— A outros vícios...

Albertinho com a cara meio assustada.

Então abanou a cabeça e deu uma risada safada:

— É, acho que eu já estou meio alterado mesmo... — e enfiou a mão no bolsinho do paletó, tirando uma cigarrilha: — Como fui esquecer que eu fumo?...

170

Ele sorriu.

Depois ficou sério:

— Mas, sabe? Não é a primeira vez que isso me acontece. Uma vez uma pessoa chegou a me perguntar se eu fumava, e eu disse que não; depois é que eu me lembrei, como aconteceu agora. É que o vício de fumar me veio tardiamente na vida, como tantas outras coisas, e às vezes eu me esqueço. É como se eu mesmo ainda não estivesse acostumado comigo.

Bebeu mais um gole do uísque.

Nei achou-o diferente, meio sem graça, fechado. "Hoje eu fico sabendo a verdade", pensou; "não saio dessa livraria hoje sem saber se Albertinho é mesmo um pederasta ou não." O negócio era embebedá-lo até ele soltar a língua — e isso já começara, o próprio Albertinho sentia que já não estava muito bom.

Um garçom passou, e Nei pegou dois copos. Estendeu um a Albertinho, que estava com o dele já vazio e apenas o segurava:

— Não, não vou beber mais, não, um já é muito para mim, já me sinto até meio... E também não posso, tenho que corrigir umas provas hoje à noite ainda.

— Mais um só... — Nei fez uma cara desolada, de quem não sabia o que fazer com aquele copo. — Achei que o senhor fosse tomar outro, o senhor disse que estava gostando...

— Estava, estou, mas... Põe aí no... — Albertinho procurava, com os olhos, um lugar.

— Mais um só...

— Está bem, vá lá... — ele pegou o copo.

Nei fez-se de preocupado:

— Quando que o senhor tem de entregar as provas? Amanhã?

— Não — respondeu Albertinho, parecendo meio aborrecido; — segunda.

— Segunda? Então tem muito tempo.

— É, mas há outras coisas a fazer também, não são só as provas.

Nei bateu-lhe nas costas amigavelmente:

— O senhor está preocupado à toa. Aproveitar a vida, o senhor mesmo não disse há pouco? Não são algumas doses de uísque que vão alterar as coisas.

— Você é velhaco — disse Albertinho, com um sorriso nervoso e esquisito. — "Algumas doses"... Essa aqui é a segunda e última.

— Disse algumas por força de expressão, não estava pensando em...

Ficaram de novo em silêncio. Albertinho olhava pensativo para o copo na mão.

— Quem diria, o velho Alberto tomando uísque, no meio de tanta gente, numa tranquila sexta-feira de chuva...

Riu e disse, como que encenando com ironia sua própria pessoa:

— Oh, mas os convites da juventude, quem há de resistir?...

Frase muito ambígua, que Nei considerou um passo andado para o que queria.

Puxaram-no pelo ombro: era Telmo.

Nei pediu licença a Albertinho.

— Quem é esse cara aí que encarnou em você? Professor no colégio, você disse?

— É a maior bicha da paróquia.

— Ele? Não parece. Você já está de fogo?

— Que isso, rapaz; essa aqui é a segunda ainda.

— Eu já parei. Tenho que fazer a merda da entrevista. Consegui a pessoa que vai fazer para mim as perguntas em francês e traduzir as respostas, uma menina da Cultura Francesa, minha conhecida.

— Que bom...

— Já tenho aqui cinco perguntas. Faz uma sua aí, uma coisa interessante. Eu não estou com cabeça nenhuma para isso; minha seção no jornal é política, o que eu entendo de literatura? Me mandaram aqui porque não tinha repórter lá na hora; me metem em cada fria... Vamos, faz uma pergunta aí.

— Pergunta se ela gostou dos meus contos.

— Essa já está aqui; faz outra.

— Se ela é virgem ou não.

— Já viu francesa virgem?

— Pergunta se...

— Você está de fogo, Nei.

— Que fogo, porra. Pergunta se ela é lésbica.

— Vá à merda — disse Telmo, e saiu.

Nei ficou rindo.

Vitor apareceu.

— O Telmo ficou puto comigo — contou Nei. — Ele queria uma pergunta, e eu não dei.

— Você já está bêbado?

— Porra, todo mundo me pergunta isso.

— Você está com cara — disse Vitor. — Eu só bebi dois martinis; já parei. O Queiroz e o Milton estão aí também. Eles estão planejando ir jantar no Alpino depois. Você vai? Eu vou pra casa. Sou um homem direito agora.

— Burguesão. Vamos lá; você fica um pouco, depois você vai embora.

— Não, não quero arriscar. Há muito tempo que eu não entro num bar. Quando eu entro para comprar alguma coisa, é um minuto só, e nem olho para as pessoas que estão bebendo, de medo de não resistir...

Nei riu.

— O Queiroz está chamando a gente.

Vitor fez sinal que já ia.

— Vamos lá.

Nei chegou perto de Albertinho:

— Vou dar um pulo ali, para ver uns amigos, e já volto. O senhor fica por aqui, né? Tenho umas coisas para conversar com o senhor.

— Pois não — disse Albertinho educadamente, e continuou ali, um pouco vago, indiferente às pessoas ao redor.

Conhecidos cumprimentando-o, parando-o pelo braço, ele andando, sorrindo, pedindo licença.

Olhou para trás, procurando Vitor: ele tinha ficado com um amigo.

— Como é, Queiroz? Milton, tudo bem?

— Você nos abandonou? — disse Martinha.

— É um amigo que há algum tempo eu não via, um professor meu no colégio. Um sujeito muito curioso. Albertinho.

— Albertinho? — disse Queiroz. — Já ouvi falar nele. Não é de português que ele dá aula?

— É. O que você ouviu falar?

— O quê? Nada; ouvi falar. Por quê?

— O Telmo está ali, fazendo a entrevista dele — disse Zé.

A menina olhava para Telmo e para a escritora — a escritora com uma cara curiosa e gentil, e um pouco enfastiada.

— Vocês viram o tamanho do nariz dela? — disse Queiroz. — Eu estava observando ela, de perfil. De frente, não parece muito; mas de perfil... É enorme, um nariz de todo o tamanho. Deve ser por isso que ela é escritora. Uma mulher com um nariz desses não arranja homem nem pro cafezinho...

— Nossa — disse Martinha, — que exagero... Não tem nada assim de tão grande o nariz dela. É um nariz até bonito, nobre. Ela é muito simpática.

— Eu também achei — disse Zé.

— Inteligência: a gente vê isso nos olhos dela, no sorriso...

— O Telmo está ali, se virando mais que azeitona na boca de banguelo — disse Zé. — Também que sacanagem fizeram com ele, mandar ele aqui para uma coisa com que ele não tem nada a ver no jornal...

Nei puxado de novo para trás:

— Meu jovem beletrista — disse Barbosa.

Beletrista: puta merda...

— E então? Como vão as musas da jovem e destemida literatura mineira?

— Pálidas e assustadas diante das musas dessa outra literatura, que não é jovem nem destemida.

Barbosa fechou a cara, surpreso.

— Você a considera uma escritora destemida? — Nei escorregou por outro lado, e Barbosa acreditou, abrindo de novo a fisionomia.

— Sim, realmente — concordou, empinando-se para trás e alisando a grande barriga; — pensando bem, destemido não é o melhor adjetivo que poderíamos aplicar aos livros saídos de sua pena.

— Uma boa escritora, mas não propriamente uma escritora destemida.

— De fato; você tem toda a razão...

Barbosa tomou um gole do uísque.

— Mas, mudando de assunto, eu estava te vendo ali com o Alberto; você já o conhecia?...

— Ele foi meu professor no colégio.

— O Alberto? Que interessante... É uma boa pessoa o Alberto. Aquele jeitinho de padre... Não sei se você já reparou...

— É...

— Eu gosto dele, é um bom sujeito. Mas, sabe? Há qualquer coisa no Alberto que não me entra; qualquer coisa de falso, de movediço... A gente nunca sabe a quantas anda com ele...

— Hum.

— Eu até não devia falar assim, porque ele é meu amigo, e, afinal de contas, eu não tenho nada contra ele. Pelo contrário: ele foi sempre muito atencioso comigo. Hoje mesmo, por exemplo: ele me disse que veio aqui só para escutar a minha saudação, ele que parece que normalmente nem vai a essas coisas. Foi muita atenção da parte dele, me sinto até lisonjeado. Mas...

— Ele gostou da saudação?

— Bom, você decerto sabe como ele é, os exageros dele; ele disse que achou belíssima e não sei mais o quê, embora parece que todo mundo aqui tenha realmente gostado...

— É, né?

— Mas, eu estava dizendo: apesar de tudo isso, apesar da amizade, da atenção, dos elogios, há qualquer coisa nele que não me entra, qualquer coisa que... Me perdoe a palavra: qualquer coisa que me repugna. E, depois, a gente fica pensando nesses casos que contam dele...

— Casos?

— Você nunca ouviu falar?

— Não.

— Pois eu pensei que você soubesse...

— Não; nunca ouvi falar.

— São uns casos bem desagradáveis... Eu mesmo não posso dizer nada, porque eu nunca vi nada... Mas... Eles contam...

— Por exemplo.

— Bom — Barbosa baixou a voz, que ficou mais grossa ainda; — você naturalmente não vai contar isso para os outros...

— Claro que não.

— Bem: dizem que uma vez...

Nei fez um sinal de alerta, Barbosa virou-se:

— Oh, meu bravo Alberto!... Em que barco navegas com tão longínquos olhos?...

Albertinho só levantou o copo, rindo de modo estranho e idiota.

— Alberto bêbado — Barbosa disse, baixo, para Nei, — essa é novidade para mim...

Albertinho acabou de se aproximar.

— Que mares são esses — continuou Barbosa, empostando a voz, os braços abertos, — em que tão probo navio ligeiramente oscila? Mares nunca dantes navegados? Mares etílicos?

— É a tempestade que vem, meu caro César; são as procelas, as potestades, as fúrias...

Albertinho chegou perto de Nei:

— Conheces aqui esse jovem e inteligente mancebo, tocado pelas musas...

— E pelo uísque — disse Nei.

— E pelos prazeres de Baco, para os quais conduziu, por artes do demo, este pobre e vetusto magister?...

— Generoso deus Baco — disse Barbosa: — ei-lo que chega com novas dádivas...

O garçom sorriu, vendo os três meio bêbados.

— Não desprezemos o que vem dos deuses — Barbosa foi pegando os copos e passando.

— Não, obrigado — disse Albertinho. — Esse foi o último.

— Ora, ora, velho Alberto de guerra; que seria das letras sem o combustível do álcool?

— As letras são para vós outros; para mim, apenas o humilde ofício de ensiná-las.

— Segura aí, rapaz, deixa de conversa fiada; você vai deixar seu velho amigo aqui e seu ex-discípulo festejando sozinhos?

Albertinho virou-se para Nei:

— Um dos melhores ex-discípulos, fique você sabendo, Barbosa; um dos melhores.

— Eu sei, então eu já não o conhecia? Aqui, seu copo; ou você vai querer que eu fique segurando ele a vida inteira?

— Meu Deus, quantas artimanhas são as do demônio para levar uma pobre alma à perdição — Albertinho protestava, vencido, pegando o copo.

— Quem já está perdido não tem mais perigo de se perder — e Barbosa deu uma gargalhada.

— Cantam em coro os demônios, nas profundas do inferno, um puro canto de júbilo — disse Albertinho, e emborcou a dose toda de uma vez.

— Bravos, grande homem! Bravos!

Algumas pessoas voltaram-se para olhar. Onde estariam os amigos? Não via nenhum deles. Estariam no outro lado? Teriam ido embora sem falar nada com ele? Nem Telmo estava mais ali, a escritora conversava em pé com algumas pessoas. Já havia menos gente na livraria, um grupo maior discutia animadamente lá na porta.

— Jovem Nei, vamos deixar que essa raposa nos humilhe assim? Sigamos seu exemplo! — e Barbosa virou todo o copo.

Nei fez o mesmo. Sentiu o uísque descendo pela garganta, chegando ao estômago — e logo uma onda de calor em seu rosto, Barbosa e Albertinho rindo alto, de que riam eles?

E então começou a sentir-se horrivelmente mal, pediu licença e caminhou às pressas para o reservado que havia no fundo da livraria: apoiado à parede, vomitou até não poder mais. Depois ficou respirando de boca aberta. Viu-se no espelho: o rosto pálido, os olhos com uma expressão aflita e dolorosa.

— Nunca mais — se prometeu. — Nunca mais.

Quando voltou, não viu mais Albertinho nem Barbosa. "Melhor", pensou.

Também os amigos não estavam; não sabia para onde tinham ido.

A escritora já se fora. Umas poucas pessoas olhavam os livros nas mesas e estantes, enquanto outras conversavam na porta.

Ele saiu e foi andando na chuvinha fria.

— São uns filhos da puta — repetia Leopoldo, e a cada um que chegava ali, na esquina, ele contava de novo a história.

O sábado amanhecera com muito sol, tudo lavado e luminoso, um dia bonito. Mas as coisas não estavam nada bonitas: a peça havia sido proibida, e a primeira página dos jornais trazia fotos da passeata de Brasília, com soldados batendo nos estudantes, e investigadores do DOPS de revólver em punho. Vários presos, e alguns feridos, hospitalizados, dois deles com ferimentos graves. Quase todas as universidades do país estavam de assembleia marcada para considerar os acontecimentos, e era quase certa a decretação de uma greve nacional dos estudantes.

— A única coisa boa que eu vi hoje foi esse dia lindo, essa trégua nas chuvas — comentou Martinha.

Meia hora depois, quando ainda estavam ali, na esquina, o tempo começou a fechar.

— Lá vem mais chuva...

Outra meia hora, e mal tinham entrado no Maleta, a chuva começou, forte como todos aqueles dias.

— Eu não devia beber hoje — disse Nei. — Ontem à noite vomitei até a alma. Mas não queria ficar em casa; precisava sair, encontrar com vocês. Eu não estou num dia bom.

— Quem está num dia bom? — disse Ricardo. — Em Brasília, na passeata, o pau quebrou, vocês viram as fotos nos jornais? Tem cada uma incrível, a gente olha e custa a acreditar.

— Há uma assembleia marcada para segunda-feira, às nove horas, em todas as faculdades aqui — lembrou Zé.

Lá fora a chuva caía com vontade. A água escorria pelo declive da rua, em pouco tempo já havia uma enxurrada.

— Essa noite eu não consegui dormir, de tanto ódio — disse Leopoldo. — Tinha vontade de levantar, pegar meu revólver, sair na chuva e ir na casa de cada um dos caras da censura para dar um tiro.

— O que consola um pouco — disse Zé, — é que a peça também não estava lá essas coisas. Pelo menos a parte que eu escrevi; não acho ela grande coisa.

— Não interessa — disse Leopoldo. — Se eles estivessem julgando o mérito literário da peça, se tivessem capacidade para isso, então está bem, podia ser que a gente aceitasse alguma coisa, embora eu não concorde com você: eu estava achando a peça excelente. Mas o que eles entendem de arte? Eles não sabem nem escrever o próprio nome.

— É...

— É uma cambada de analfabetos. Todo lugar em que apareciam as palavras "político", "eleições", "povo", "democracia", "liberdade", eles sublinharam com vermelho: palavras subversivas. Os burros sublinharam até aquela frase que o político diz: "Os militares são os guardiães da liberdade." Eles sublinharam a palavra liberdade. É pra gente dar gargalhadas. E paf! "censurado", "censurado", "censurado". Só escaparam aquelas duas páginas em que o político conversa com a mulher: exatamente o que há de mais subversivo na peça. Não é pra rir? Não sei se é pra rir ou pra chorar.

— É...

— E depois, na hora de entregar a peça, o cara ainda quis ser agradável comigo: me disse que lamentava, mas era um dever que tinham de cumprir, pois ele, pessoalmente, achara a peça "tão bem escrita quanto um soneto de Olavo Bilac". Quase que eu dou uma risada na cara dele. Esse é culto pra burro, hem? Já viram? Leu até Olavo Bilac!

— Esquenta a cabeça com isso não, Leopoldo — disse Zé. — Tem coisas muito piores; levar cacetada de PM na rua, ser preso, são coisas muito piores do que isso.

— A liberdade de expressão é fundamental, Zé. Se proíbem a imprensa, o teatro, o cinema, os livros, por onde vamos gritar? Você se engana: isso é tão sério quanto levar cacetada ou ser preso. Tudo tem a mesma finalidade: castrar a gente. Querem nos castrar por todos os meios. Pois a mim ninguém castra. Eles vão ver.

— Você está pensando em fazer alguma coisa nova? — perguntou Milton.

— Não sei; por enquanto a única coisa que eu sei é que eu estou danado da vida. Você já não dormiu alguma vez, de ódio, Milton? Pois eu essa noite não consegui dormir: de ódio. Minha cabeça quase rebentava.

— Hum...

— Tanto trabalho perdido... Eu já tinha planejado tudo, como faria, conversado com alguns caras para serem os atores, tinha me virado para conseguir dinheiro, pedido emprestado, feito dívidas.

Olhou para Nei e Zé:

— Desde que vocês me entregaram a peça, eu só pensava nela, dia e noite, já via até a plateia, a casa lotada, o pessoal aplaudindo, os comentários nos jornais.

— É — disse Zé, — é chato mesmo... Depois de tanto trabalho, de tanto entusiasmo, vem uma turminha que não entende nada e acaba com tudo...

— E a passeata terça, será que sai mesmo? — disse Ricardo. — O Secreta de Segurança já disse que não permitirá, e que "qualquer perturbação da ordem"...

— "Será contida, e seus responsáveis severamente punidos" — completou Leopoldo. — Vamos falar de outra coisa, não quero nem mais pensar em política hoje. Fale um assunto interessante, Martinha, um assunto agradável.

— É difícil lembrar de um assunto agradável com essa chuva todo dia, essas ameaças de prisões e pancadarias no ar, e agora a peça de vocês... Confesso-me sem inspiração.

— Estou cansado de tudo isso — disse Nei. — Cansado dessa confusão, cansado da literatura, cansado dessa cidade e dessa chuva, cansado até dessas nossas conversas, que não levam a nada. Dá vontade de sumir pra longe daqui.

— Dá mesmo — disse Martinha; — sumir pra bem longe daqui.

— Nada se resolve. Se ao menos explodisse uma bomba nessa cidade e alguma coisa acontecesse...

— Talvez a nossa peça pudesse ser essa bomba — disse Leopoldo.

— Que bomba, Leopoldo — disse Nei. — Podia ser bomba, mas em outro sentido, e é o que ela era. Desculpem a palavra, mas nossa peça não ia chegar a ser nem um peido.

— Não...

— Eu também estou danado com a censura, claro; mas você acha que a peça ia mudar alguma coisa? Ainda se ela fosse boa; está uma droga. Podia impressionar um pouco o público, mas, numa análise mais séria dela, o que ficaria? Não ficaria nada.

— Não sei... — disse Leopoldo. — Eu não acho que seja assim, não penso como você. Mas não vamos mais falar nisso hoje. Basta. Assunto encerrado.

Ficaram algum tempo olhando para a chuva, que continuava forte. Os carros desciam devagar, os vidros embaçados, a água escorrendo pelo capô, os limpadores de para-brisa funcionando. De vez em quando um ar frio entrava na galeria.

— Quarta-feira, no Pathé, vai passar o Jerry Lewis — lembrou Martinha. — Vocês vão?...

— Por falar nisso... — disse Zé.

— Mas não tem nada a ver com isso — Ricardo completou.

Zé riu:

— Exatamente... Por falar nisso, hoje à noite tem uma festa na Ivete; ela me pediu que eu avisasse vocês.

— Festinha-família? — perguntou Milton. — Se for, estou fora.

— Não sei bem que tipo de gente que vai; só sei que vai ter bebida e comida às pampas. Isso foi a Ivete mesma que me disse.

— Então estamos lá — disse Ricardo. — Seja que tipo de festa for, o resto que se dane: eu quero é encher a cara.

— Eu não vou, não — disse Nei. — Vou ver se fico sem beber uns dias. Pelo menos até segunda. Passei mal essa noite; aquele uísque vagabundo de ontem.

— Vamos lá pra rebater — disse Ricardo.

— Já estou rebatendo agora.

— Você bebe só um pouco... — disse Martinha, pedindo com os olhos.

— Não; não posso mesmo, não.

Mas foi.

Os amigos:

— Uai, você disse que não vinha...

Ele riu:

— Já disse Aristóteles: uma pedra no chão não pode cair; mas uma vez atirada para cima, não podemos mais impedi-la de cair.

— Curioso — disse Ricardo; — de quem mesmo a frase?

— Aristóteles.

— Porque minha bisavó também sempre dizia isso.

— Vai ver que sua bisavó tinha lido Aristóteles.

— É mais provável do que o contrário. Aliás o contrário nem é provável: primeiro porque minha bisavó nunca escreveu nada, e segundo porque ela nasceu alguns séculos depois de Aristóteles.

— Senta aqui, no sofá — disse Martinha. — Estou contente por você ter vindo.

— Pois é.

— Como dizia Aristóteles...

— Era realmente um personagem — disse Alceu. — Não sei se você conhece o caso dele com o Padre Martins...

— Não — disse Hilário.

— Oh — Alceu cruzou as pernas, — é muito engraçado... Foi numa das aulas do Padre Martins. Estava lá o Padre Martins falando sobre patrística, quando de repente levanta o Cipriano e diz: "Tá tudo errado!"

— Não diga!... — exclamou Hilário.

— Bons dias — disse Edson, entrando na sala, um livro debaixo do braço.

— Eu estava contando o caso do Cipriano com o Padre Martins — disse Alceu.

— Eu conheço — Edson sentou-se; — é muito engraçado...

— Só faltava essa... — Hilário ria.

— Como está lá embaixo? — Nei perguntou a Edson. — Alguma novidade?

— Eles estão no DA fazendo uma assembleia para decidir se continuam a greve por mais tempo ou se voltam às aulas.

— Isso eu já sei. Outras coisas. Os presos: já soltaram?

— Ah — Alceu bateu de leve na perna de Nei, olhou para Edson e depois de novo para Hilário: — acho que eu não contei para vocês um caso dele comigo, do Cipriano. Esse é mais interessante ainda. Escutem só: um dia, depois da aula, ele chegou perto de mim, com aqueles olhos arregalados, e me disse que queria se especializar em reflexo condicionado das plantas. "Muito interessante", eu disse, e então perguntei se ele conhecia Pavlov. "Pavlov?", ele disse. "Quem que é Pavlov?" Essa época eu ainda não tinha dado Pavlov para eles; expliquei então quem era Pavlov, o que ele tinha feito e tal. Pra quê... O Cipriano ficou entusiasmadíssimo; na mesma hora ele disse que ia fazer aquelas experiências também, que ia arranjar cachorro na carrocinha da prefeitura...

Eles riram.

— Era realmente uma figura curiosa...

— E o que virou dele? — perguntou Hilário.

Alceu riu:

— Eu soube que, quando ele se formou, pegou o diploma de Filosofia e foi montar uma fábrica de parafusos.

— Fábrica de parafusos? Não diga! — exclamou Hilário, e ficou rindo. — Essa não... Fábrica de parafusos... O que ele estava fazendo aqui, na faculdade?...

— Essa é uma pergunta que poderia ser feita a muita gente aqui — disse Edson. — A maioria está perdendo o tempo, pura e simplesmente.

— Ou então matando o tempo — disse Hilário.

— Ou então procurando casamento — disse Alceu. — Essa faculdade é a maior fábrica de casamentos. Seria interessante fazer uma estatística dos casamentos saídos daqui.

— É mesmo...

— Por falar nisso, me lembrei agora de outra pessoa. Nós estávamos falando das figuras curiosas da faculdade: lembra da Zenaide, Hilário? Ela foi sua aluna também.

— Zenaide? Sim, mas claro — Hilário riu. — Essa era outra... Uma mulher estranha... Não sabia que ela tinha chegado a ser sua aluna também, não...

— Foi. Foi no primeiro ano em que dei aula aqui.

— Ela já havia sido acidentada?

— Acho que já, mas não o acidente a que você se refere; outra espécie de acidente...

Os quatro riram.

— É muito aluno que passa pela gente — disse Alceu. — O tempo corre... Esses dois mesmo...

Apontou para Edson e Nei:

— Ontem eram nossos alunos; agora já estão aí, dando aulas também, nossos colegas. Estamos ficando velhos, Hilário...

— Eles deviam fazer é uma lista dos loucos da faculdade — disse Edson. — A quantidade de loucos que já passou por aqui. Ou que ainda está aqui.

— Há os que já entram loucos e há os que ficam depois que entram — disse Alceu. — Os que já entram,

188

esses geralmente ficam mais ainda. Não sei de nenhum caso contrário, vocês sabem?

— Há pouco tempo pregaram um cartaz na entrada do corredor, debaixo da placa do nosso departamento: "Clínica Pinel".

— Eu vi; muito a propósito...

— Não sei onde tem mais doido: se aqui, na Filosofia, ou se lá, na Psicologia.

— É; é difícil saber...

Gonçalo chegou e ficou à porta da sala:

— Chega-te aos bons — disse Alceu.

— Eu tenho medo de entrar aí, o retrato de Suárez; eu morro de medo dele.

Alceu riu, e instintivamente os quatro olharam para o quadro na parede, uma pintura em cores sombrias, Suárez de batina negra, o rosto encovado, assustado e doentio.

— Uma vez eu propus à Ciências Sociais trocar esse retrato pelo esqueleto humano que eles têm lá — contou Nei.

— Uma boa ideia — disse Alceu.

— Acontece que eles não quiseram: disseram que o esqueleto dava muito menos medo.

— Virem o retrato contra a parede, que eu vou entrar — disse Gonçalo.

— Você veio lá de baixo? — perguntou Edson. — Já acabou a assembleia dos alunos?

— Ainda não, mas um que estava lá e saiu me disse que eles vão continuar a greve. Até que todos os estudantes que foram presos na passeata sejam soltos.

— E o que foi baleado? Tem notícias novas dele?

— Está fora de perigo — Gonçalo abriu o jornal: — está aqui a notícia.

Leu em voz alta para todos.

— O que tinha a polícia de atirar — lamentou Hilário. — Os rapazes só estavam fazendo uma passeata pacífica, não faziam nenhuma arruaça. Não sei mais onde vamos parar. Estamos mesmo numa época de violência. E violência, já foi dito, gera violência. Quando começa, ninguém mais pode deter.

— É — disse Alceu. — Eu também não sei. Estamos numa época de crise.

— Parece que o governo não quer mesmo saber de dialogar com os estudantes — disse Gonçalo.

— Claro — disse Edson, — não pode haver diálogo. São duas linguagens diferentes, não há ponto de contato.

— E às vezes — disse Hilário, — penso que estamos apenas no começo e que isso ainda vai durar muito tempo. O Estado Novo não durou sete anos?

— O Estado Novo nem se compara a isso, Hilário — disse Alceu. — O Estado Novo era mesmo uma ditadura. Agora não; há alguma violência, é certo, mas temos todas as liberdades.

— Pelo menos a de ir à privada ainda temos — disse Gonçalo, saindo para o mictório, mas pôs de novo a cara na porta: — ou será que vai ter alguém do DOPS me olhando pelo buraco da fechadura? Se tiver, eu vou mostrar aquilo para ele.

— Não arrisca, não — disse Nei: — ele pode gostar e te pedir para entrar.

— No Estado Novo todo mundo vivia em permanente sobressalto — continuou Alceu.

— E agora? — disse Hilário.

— Agora? Agora está aí, visível. Nós aqui, por exemplo: estamos conversando com plena liberdade, falando mal do governo, e nenhum de nós está com medo. Há muito mais liberdade. "Ditadura", esses meninos escrevem aí, nos muros da cidade; o que eles sabem de ditadura?

Hilário pegou o jornal e ficou olhando a fotografia do estudante: a cabeça enfaixada, uma cara de menino ainda.

— Que ideias são essas suas hoje, Hilário? Você nunca foi de ter ideias subversivas...

Alceu olhou, meio rindo, para Nei e Edson:

— Vocês não estão estranhando o Hilário?... Desse jeito eles vão acabar te prendendo aí, Hilário...

— Uai, você não disse que há liberdade? Então não tem perigo...

— Bom — disse Alceu, se levantando e ajeitando o paletó, — cumpri meu dever: vim à faculdade, assinei o ponto e fiquei aqui, à disposição dos alunos, durante o período de tempo que me é determinado pelo diretor; se não houve aulas, se os alunos não apareceram, não é culpa minha.

— Eu também vou me retirando — disse Hilário.

— Eu estou de carro, Hilário. Você vai para casa? Eu te levo.

Olhou para os outros:

— Muito bem; vocês ficam? Então até amanhã.

Os dois saíram. Na sala ficaram Nei e Edson.

— Você acha que eles vão ser soltos? — perguntou Nei.

— Não sei — disse Edson. — O caso mais sério é o do Ronaldo; ele já foi preso várias vezes antes, já é visado...

Levantaram-se e foram até a janela para ver se a assembleia já havia terminado: ninguém no pátio, ela continuava.

— Você tem visto as assembleias? — perguntou Edson.

— Algumas; e você?

— Um dia desses eu fui ver uma. Fiquei decepcionado. Os líderes, como são demagogos. Eles não têm nada na cabeça, ou, se têm, não mostram. Só falam por chavões, clichês, alguns ainda do tempo em que eu era estudante e que o Hermes era o presidente do DA.

— Ouvi dizer que ele era um bom líder.

— O Hermes? Era; um bom líder. Muito inteligente, sagaz. Não foi à toa que ele depois se candidatou a deputado. Mas com a Revolução...

— Hum.

— Agora ele está com uma granja aí, ganhando um bom dinheiro com a venda de ovos. Está uma bola de gordo; casou, já tem um filho. Você quer ver ele te dar um murro, é falar com ele em política.

— É, né?

— Há pouco tempo eu encontrei com ele, na rua, e ele me disse: "Desde que me deixem em paz com a minha família e as minhas galinhas, podem foder o resto do mundo."

— Assim terminou um líder...

— Assim terminaram muitos; e vão terminar outros. Muitos desses que estão aí agora, discursando nas assembleias, vão acabar assim: casados, gordos, com família e um bom dinheiro, e o resto que se foda.

Edson ficou em silêncio um momento.

— Não sei, acho importante o que os estudantes vêm fazendo; mas eles são mais revoltados do que revolucionários. Ser revoltado já é alguma coisa, já é um passo; mas daí a ser revolucionário vai uma distância imensa.

— É...

— Não sei, acho que a verdadeira revolução mesmo ainda não começou no Brasil, nem sei quando poderá começar, ou quem a poderá fazer. A esquerda? Esquerda é uma coisa que já não existe aqui. Ou, melhor, existe, mas é uma esquerda fragmentada, várias esquerdas; quando muito, um pensamento de esquerda. Ela não chega a existir como uma força política, uma força capaz de mudar o estado de coisas que é o nosso hoje.

— É...

— Francamente: é uma situação confusa a do Brasil de hoje. A gente não pode prever nada. Já é difícil entender o que está acontecendo, quanto mais prever. Alguma coisa está acontecendo, isso a gente vê; alguma coisa está se modificando. Mas uma visão clara da situação e uma perspectiva do futuro, isso agora me parece simplesmente impossível. Vamos ter que esperar mais tempo para isso.

— Quanto tempo?...

Das mesas, espalhadas pela redação, vinha o batido cadenciado das máquinas de escrever.

Telmo parou de bater e virou-se para trás:

— Aguenta a mão aí, Nei; é só mais uma página. Essa matéria aqui está foda...

— Não preocupa comigo, não; pode continuar aí à vontade...

Olhou o relógio: já fazia quase meia hora que deixara Zé com o redator-chefe.

Gabriel entrou na redação e viu-o.

— Você por aqui, Nei? O que você está mandando?...

— Estou com o Zé; ele veio conversar com o Geraldo, ver se há possibilidade de emprego no jornal.

— O Zé? Eu não aconselharia isso para ele. Por que ele não arranja outra coisa? Quem pretende se dedicar seriamente à literatura...

— O problema é que ele não aguenta mais o banco; ele acha que qualquer outro emprego seria melhor.

— Não sei... — disse Gabriel, encostando-se à mesa. — Eu nunca trabalhei em banco; mas jornal... Isso aqui liquida com a gente, Nei; isso aqui é uma máquina de destruir talentos, uma fábrica de esterilização literária.

— Hum.

— Se o sujeito quer é mesmo se dedicar ao jornalismo, então ok, nada de mais. Mas se é literatura o que ele quer, é preferível passar fome a entrar para um jornal. Você sabe, não preciso te contar os casos de pessoas de talento para a literatura que entraram para um jornal e acabaram.

Nei sacudiu a cabeça.

— Isso aqui seca qualquer um, mesmo o cara mais genial. Depois de passar seis horas na redação, seis horas batendo à máquina, lendo jornais e telex, gastando fosfato com coisas que às vezes não te interessam um mínimo, e tudo com prazo marcado, esteja com inspiração ou não, você tem de fazer o negócio, tem de entregar, pois é sua obrigação, você está ganhando é para isso; depois de seis horas nesse batido, a gente não tem mais cabeça para nada, não quer nem pensar em literatura, a gente quer é ir para um bar beber e conversar fiado, ou então ir para casa dar uma trepada e cair no sono. Sentar e escrever um conto ou um poema? Como? De que jeito? E se a gente ainda consegue isso, num esforço sobre-humano, como pode sair alguma coisa que preste?

Telmo virou-se para trás:

— Deixa de lamúria, Gabriel; você é um escritor frustrado mesmo. Não fique culpando o jornal, não; você até que gosta disso aqui...

Gabriel riu.

Telmo pôs outra lauda na máquina e recomeçou a bater.

— Você tem escrito?... — perguntou Gabriel.

— Tenho; esses dias eu comecei meu romance.

— O romance, é? Que bom... E como vai indo?...

— Bem; estou entusiasmado, o negócio é sensacional.

— Puxa, fico alegre com isso... Agora vê se acaba logo, pra gente ler...

— Vou fazer força; se continuar como está, acho que até o fim do ano eu acabo.

— Romance... — Gabriel admirava. — Você é corajoso... Eu suo para escrever um conto...

— Por falar nisso, e aqueles contos que você disse que ia me mostrar?

— Aqueles contos? — Gabriel fez uma cara de desprezo: — Era tudo merda, já joguei tudo no lixo.

— É?

— Não estou te dizendo que não dá para escrever nada que preste?

— Hum...

— Só, às vezes, por muita sorte. Ou então um sujeito genial, que a redação não consegue prejudicar. Mas eu não sou um sujeito genial. Minha ambição é apenas escrever alguns contos; podem ser poucos, uma meia dúzia, mas que sejam realmente bons, que fiquem. Daqueles, nenhum prestava, tinham de ir é mesmo para o lixo.

— Lamento...

— Pelo menos o espírito crítico o jornal ainda não me tirou, sei ainda distinguir um conto bom de um mau. Tenho alguns, na minha cabeça, em que venho pensando ultimamente. Merda; se eu tivesse tempo, se eu tivesse um pouco de tranquilidade e de energia para escrever... Acho que seriam bons contos, o tipo de conto que eu sempre quis escrever e que até agora vinha tentando, sem conseguir. Tenho certeza que dessa vez eu conseguiria, está tudo claro na minha cabeça, tudo pronto, só sentar à máquina e... E eu não sento. Toda noite em vez de ir para casa, vou é com a turma aí para um boteco; e depois, você já viu, é impossível.

— É...

— Uma noite dessas eu consegui sair mais cedo e fui para casa com a intenção de mandar brasa. Sentei à máquina, pus o papel e preparei-me para começar: não saiu uma frase; nada. Minha cabeça parecia de chumbo, completamente opaca. Resultado: tornei a sair de casa e fui para o bar encontrar a turma.

— Às vezes, também, o jornalismo ajuda a literatura; o caso de Hemingway, por exemplo.

— Eu sei. Até certo ponto ajuda mesmo; o sujeito aprende a escrever de modo mais direto, mais simples, aprende a ser claro. Mas e depois? Essas são as vantagens. E as desvantagens? E tudo isso que eu te disse? Não, meu velho, quem quer escrever literatura seriamente e entra para um jornal está fodido e mal pago. Isso aqui é um suicídio intelectual.

— O Zé diz a mesma coisa do banco.

— Se ele está pensando que jornal é melhor, está enganado, pode dizer a ele. Em todo o caso, banco é um serviço mais automático, a gente não precisa pensar muito, gastar tanto fosfato.

— O Zé diz que é um suicídio; que ele preferiria catar lixo na rua.

— É, eu não sei... Qualquer um é foda. Talvez o melhor seja mesmo o que você escolheu, dar aulas.

— Melhor? Quer o meu lugar? Está às ordens.

— Por quê? Você não está gostando?

— Nunca pensei em ser professor, Gabriel. Não é isso o que me interessa. O que me interessa é a literatura. Dou aulas apenas porque eu estava sem emprego e isso foi a primeira coisa que apareceu. Como experiência até que foi interessante, mas já estou cheio, não quero nem mais saber disso. Não sei como vai ser o ano que vem...

— É uma raça fodida essa nossa, de escritores. A gente não tem condição nenhuma de sobrevivência, tem que ficar se virando o tempo todo, lutando o tempo todo contra a corrente, não há ajuda de ninguém, de nenhum lado, nenhuma parte. Por que a gente escreve, Nei?

— Sei lá...

— É tudo tão difícil. E, depois, não há compensação nenhuma. Que compensação? A glória depois de morto? A imortalidade? Eu quero a imortalidade é agora. E uma imortalidade que pague as minhas contas e que eu não precise me foder seis horas por dia na redação de um jornal. Isso é o que eu quero. Mas para isso, se é que eu poderia um dia conseguir alguma espécie de imortalidade, o primeiro passo seria sair desse jornal; mas se eu sair, de que eu e a minha mulher vamos viver? De brisa? Só se eu arranjasse uma boca boa por aí. Se você souber de alguma...

— Se eu souber de alguma, a primeira coisa que eu faço é pegar ela pra mim; não sou bobo.

— Esses dias me convidaram para uma agência nova de publicidade, que uma turminha aí vai abrir. Parece ser coisa boa. O ordenado que me ofereceram é tentador. Eu não sei. Estou pensando. Não tenho experiência, mas já ouvi dizer que se há uma coisa mais eficiente do que jornal para liquidar com o talento de um escritor, é agência de publicidade. Por isso é que eu estou meio com medo. Eu não sei. Há a tentação do dinheiro. Com o ordenado deles, eu poderia pagar todas as minhas dívidas, normalizar a minha vida.

— Bom, né?

— Às vezes também eu penso: fico preocupado com a literatura; mas, merda, quem disse que eu sou mesmo escritor? Quem disse que eu tenho talento? Onde está a prova disso? O que eu escrevi até hoje que preste? A única coisa que eu tinha escrito eram os tais contos que eu te disse que já joguei no lixo. Fora isso, há os que eu tenho na cabeça. Mas quem me dirá que eles prestam mesmo? Que garantia tenho eu disso? E se eu escrevesse e visse que são uma merda também, como os outros? Talvez eu pense que eles são bons simplesmente porque eu não os escrevi ainda. Isso já me aconteceu antes.

— Hum...

— E depois, diabo, "contos bons na cabeça, só faltando escrever", eu conheço milhares de pessoas que têm. Aqui mesmo, no jornal, está cheio dessa gente. Vivem dizendo que bolaram um conto genial que qualquer dia desses eles vão escrever. O "qualquer dia" nunca chega, eles nunca escrevem o conto, nem escreverão.

— É...

— Já cheguei à conclusão de que escritor é aquele que senta e escreve, pode ser a merda que for, mas escreve, sua, enfrenta o papel, luta corpo a corpo com as palavras e delas e de si mesmo arranca alguma coisa. Isso é o escritor. Os outros? Os outros têm a pretensão de ser, acham que são, e às vezes durante muito tempo; até que um dia descobrem que nunca escreveram nada.

— É...

— Talvez seja isso o que está acontecendo comigo. Estou descobrindo que não sou um escritor, apenas tive a pretensão de ser. O chato é que eu não tenho certeza. Se tivesse, de que eu sou, ou de que eu não sou, tudo se tornaria fácil. Mas não tenho. Talvez, se eu escrevesse esses contos, chegasse a saber disso. Mas quem sabe se eu não escrevi até agora no fundo por uma espécie de fuga inconsciente, de medo de descobrir a verdade?

— Será?...

— Sabe, Nei, tem dia que eu acho que eu já estou ficando é neurótico e vou acabar num consultório de psiquiatria.

— Neurótico, você? — disse Telmo, se levantando e juntando as laudas datilografadas. — Deixa de ser modesto, Gabriel: você está é louco mesmo. Basta a gente olhar pra sua cara que a gente vê isso.

— Minha cara anda mesmo a de um louco. Bebendo toda noite, dormindo mal, preocupado, cheio de dúvidas e dívidas, e esse inferno do jornal ainda por cima...

— Não te dou nem um mês, você vai ver — disse Telmo, saindo dali e dizendo a Nei para esperar, que ele voltaria.

Gabriel apagou o cigarro. Olhou para Nei, preocupado:

— Minha cara está mesmo muito esquisita?...

— Nem tanto...

— Ando preocupado com a minha saúde, Nei. Às vezes ponho a mão no coração e parece que ele está batendo demais. Outras vezes sinto como se ele estivesse batendo do lado direito...

— Quem sabe você tem dois corações?

— Tem hora que... Eu ando meio impressionado. Desde a morte do Otávio. Nós éramos muito amigos. E ele morreu foi assim, de repente, bebida...

— Otávio tinha quase setenta anos, Gabriel; você não tem nem trinta. Onde já se viu pensar uma coisa dessas?

— Não, mas eu conheço outro caso, um rapaz que...

Nei bateu no ombro dele:

— Acho que você está precisando é de descansar um pouco; você talvez esteja com um princípio de esgotamento nervoso. Por que você não pede férias aí no jornal e descansa uns tempos?

— Férias agora eu não posso; eu tirei há pouco tempo. Bem que eu gostaria...

— Deixe as coisas correrem um pouco, não fique pensando muito.

De uma mesa, um sujeito gritou para Gabriel:

— Estou esperando sua matéria, como é que é?

— Eu já estou indo.

— Eu vou lá embaixo, tomar um café, e já volto.

201

— Tá...

— Pode ir — disse Nei, — não se incomode comigo, não, estou só esperando o Zé...

Olhou o relógio:

— A conversa lá está demorada, não sei o que eles podem estar conversando tanto tempo assim; só se já estão acertando tudo.

— Espero que não — disse Gabriel. — Espero que o Zé não arrume esse emprego. Acho que ele tem muito talento, não quero ver ele destruído pelo jornal; basta os que eu já vi.

Nei ofereceu-lhe cigarro. Gabriel pegou um.

— Estou fumando quase três maços por dia — disse. — Se eu não ficar neurótico, pelo menos canceroso eu fico.

— Você falou no Otávio — lembrou Nei; — o que você achava dele?

— Achava um ótimo cara. Não li nada dele, mas como pessoa eu achava ele excelente. Era um velho genial. Acho que é até um pouco por causa disso que eu não li nada dele. Achava ele tão bacana, que eu tinha medo de os livros dele me decepcionarem. Ainda mais que eu já tinha ouvido dizer que eles não eram grande coisa. Você leu algum?

— Li, li um que ele me deu. Ele mesmo me disse que o livro não prestava, que era só um objeto de lembrança e não era para eu ler, eu não tinha nada a aprender ali. Eu li, claro. Não é tão ruim assim. O conjunto é fraco, mas tem umas frases muito boas.

Gabriel sorriu, recordando.

— É, ele tinha umas frases geniais... Algumas eu lembro sempre... Era um velho divertido... Você soube como foi a morte dele?

— Não...

— Um filho dele é que me contou. Estavam almoçando e, quando ele foi tomar um gole de cerveja, sentiu-se mal e perdeu os sentidos. Aí levaram ele às pressas para o Pronto-Socorro. Lá ele voltou a si, e, ao ver a mulher ao lado, perguntou: "Cadê meu copo de cerveja?" E morreu.

Gabriel passou o dedo disfarçadamente nos olhos.

— Eu gostaria de morrer assim. Sem me importar com a morte. Ou talvez ele nem tivesse consciência de que estava morrendo; foi tudo muito rápido. Me contaram que ele quase não sofreu; isso consola a gente um pouco. Consola... Não sei por que consola... O fato é que ele morreu e está morto. O que adianta a gente saber que ele não sofreu muito?...

Os olhos de Gabriel vermelhos.

— Ele gostava de você, Nei; uma vez ele me falou em você com entusiasmo. Ele acreditava mais em você do que em mim. Aliás, em mim ele não acreditava muito. Mas eu não me importava com isso; eu acredito? O que eu gostava era de beber com ele, ouvir aquelas frases e aquelas risadonas. E, é engraçado, às vezes ele me parecia tão só, tão desamparado, tão precisado de a gente ficar ali com ele...

Gabriel ficou pensativo, olhando para um ponto qualquer à frente.

Seu colega chegou e, ao vê-lo ali ainda, abriu os braços:

— Como é, porra? E a matéria? Eu já fui lá embaixo, já tomei café, já subi, já dei uma cagada, e você ainda está aí?

— Eu já vou; são só quatro horas.

— Só quatro horas... E eu vou ficar aqui te esperando feito o quê?...

O sujeito foi caminhando com raiva para a mesa.

— Vai lá — disse Nei. — Eu fico por aqui. Vou dar uma olhada nesse jornal. Cadê o Telmo? Ele disse que voltava.

— O Telmo? — Gabriel correu os olhos pela redação. — Vai ver que ele já está longe daqui e esqueceu de você; do jeito que ele é voado...

Nei riu.

— Bom, deixa eu trabalhar um pouco, senão eles vêm me encher o saco de novo... Fique à vontade aí.

Nei pegou um jornal na mesa.

Uma hora que olhou por cima, viu Zé entrando.

— O que houve lá? Você estava dando para o Geraldo ou comendo ele? Quase uma hora. Como foi?...

Antes que Zé respondesse, notou sua cara — a cara do menino que tinha ido buscar o presente, e não havia presente nenhum.

— No momento não há possibilidade, problema de dinheiro. É para eu voltar aqui no começo do ano, o jornal vai passar por umas reformas, necessitar de mais gente.

— E ele precisou de meia hora para te dizer isso tudo?

— Ele ficou lá me dizendo que gostaria muito que eu viesse trabalhar aqui, já ouviu boas referências sobre mim, leu um artigo meu e não sei mais o quê, mas que infelizmente no momento... Essa xaropada toda.

— Hum...

— Vamos embora. No começo do ano eu volto aqui; se até lá eu não tiver morrido e estiver disposto a ter outra conversa dessas. Vamos...

Passaram na mesa de Gabriel, antes de saírem.

— Como foi? — perguntou Gabriel.

— Há uma possibilidade no começo do ano — disse Zé. — Por agora, nada.

Gabriel ficou calado. Os dois se despediram dele.


— O mal dessa cidade é que aqui se mete pouco — disse Mário Lúcio. — Vejam: há poucos dias, numa tarde dessas aí, quente de rachar, encontrei uma conhecida minha e ela me disse que estava com tanto tesão, que tinha vontade de esfregar a buceta no asfalto. Eu disse: por isso não, estamos aí. Fomos para um quarto e trepamos a tarde inteira.

— Hum...

— Assim tem muitas aí, doidas pra dar, mas não dão, por causa de medo, preconceito, sociedade, toda essa coisa. O resultado é essa quantidade de gente neurótica, procurando psicanalista ou se internando.

— Estou lembrando de um caso que um amigo meu me contou há pouco tempo — disse Ricardo. — Ele trabalha num hospital de alienados. Um dia um sujeito que tinha internado a filha, uma moça, foi lá, fazer uma visita. A menina vivia doida para sair do hospício, dizendo o tempo todo que não tinha de ficar lá, que não estava perturbada, e não sei mais o quê. Então esse dia o pai chega, e ela diz: "Papai, eu não estou doente, não, Papai; eu só estou precisando de homem. Pode ser até o senhor."

— Não estava doente, não... — disse Queiroz, rindo.

— Eu soube é de uma mulher aí — disse Nei: — ela estava fodendo com uma banana, a banana partiu, e ela foi parar no hospital.

— Quem foi parar no hospital? A banana?

— No filme que eu estou fazendo — continuou Mário Lúcio, — eu quero mostrar isso: o problema principal dessa cidade é sexo, pouco sexo; daí sua morbidez, sua paralisia, sua morte.

— Não sei se você tem razão — disse Queiroz. — Eu soube que aqui é a cidade onde mais existem casas de lenocínio; proporcionalmente.

Queiroz sorriu:

— Me disseram; eu não costumo frequentar tais ambientes. Sou um respeitável pai de família.

— Nem uma escapadinha de vez em quando, Queiroz?... — perguntou Ricardo.

— A cerveja acabou — disse Nei.

— Pede mais uma aí, você, que está mais fácil.

Nei chamou o garçom.

Era uma noite quente. Ali, da parte de cima do Porão, as mesas ao ar livre, todas ocupadas, podia-se ver a rua, com os ônibus subindo e dando a volta na Praça da Liberdade, ou dela vindo e descendo. No outro lado, o Xodó, cheio de rapazes e meninas, uma porção de carros estacionados em frente. Era uma sexta-feira.

— Minha teoria é essa — disse Mário Lúcio: — se todo mundo fodesse bem, haveria muito mais paz no mundo. Um homem que fode bem é um homem relaxado, tranquilo, sem tensões, um homem satisfeito, que não pensa em fazer mal aos outros. Fazer mal pra quê, se a coisa que todo mundo mais gosta é de uma boa trepada, e ele acabou de dar a sua agora mesmo? Acho que as guerras, todo esse conflito que existe no mundo vem principalmente disso, dessa tensão que deixa a pouca ou nenhuma atividade sexual. É uma energia não utilizada, que tem de se expandir de qualquer jeito, e então vai criando uma tensão, uma espécie de eletricidade em cadeia, de pessoa a pessoa, até se espalhar pelo mundo inteiro. Eflúvios de solteirona, já pensaram? Isso pode causar uma guerra atômica. E os Congregados Marianos, a TFP?

— Por falar nisso, vocês viram o boletim que eles andaram distribuindo nas faculdades? — perguntou Ricardo.

Enfiou a mão no bolso.

O garçom chegou e deixou a cerveja na mesa.

— Escutem só, vou ler esse trecho aqui que é o melhor. O boletim é uma acusação de que existe uma "Máfia Comunista" nas faculdades, criada com o fim de desmoralizar a TFP: "Máfia Comuno-Progressista Contra a TFP". Olhem só esse trecho: "Na cidade de Belo Horizonte, campanhas tão desabridamente violentas nunca constituíram hábito. O mineiro sempre cultivou a cordialidade de trato e nunca deu clima ao fanfarrão façanhudo e quixotesco, no qual sempre viu um ente marcado pela desconsideração de todos. Ora, nem nas maiores incandescências da paixão política jamais se viu um tal pulular de quixotes da blasfêmia e da pornografia, como agora vem ocorrendo."

— "Fanfarrão façanhudo e quixotesco": essa foi do caralho — disse Mário Lúcio.

— Outro trecho: tal tal tal, "para colocar a TFP na seguinte alternativa: ou desconsiderar-se aos olhos do público pela aceitação passiva das injúrias, ou reagir contra elas com desforço físico." Desforço físico, essa é genial. E o final: "A TFP não se deixa envolver neste jogo, e não toma em conta as injúrias, nem contra elas reage." A última frase: "A esta injunção a TFP responde com a mais inteira indiferença."

— Bichosíssimo — disse Mário Lúcio. — "A mais inteira indiferença" — repetiu, entortando o pescoço, os olhos meio fechados e a mão pendurada no ar.

Os outros riram.

— É genial — disse ele, — me passa aqui, preciso ler isso. No meu filme entra um congregado, estou me documentando sobre eles; tudo o que é deles ou fala sobre eles me interessa. Vocês sabem de mais alguma coisa? Alguma coisa interessante.

— Eu sei que nas repúblicas deles um companheiro de quarto não troca roupa na frente de outro, tem de ir para o banheiro — disse Ricardo. — Isso foi um amigo meu que me contou. Ele morou uns tempos numa república de congregados. Claro que ele logo saiu; ele não era nenhum louco.

— Uma ocasião — disse Queiroz, — eu entrei na Igreja São José e lá, na parede, tinha um cartaz deles, fazendo pregação contra atos de conforto que tendem a corromper o espírito como "usar camisas esporte", e outras coisas.

— Meu Deus — disse Mário Lúcio, — eles são uma raça, uma raça diferente, uma raça de tarados.

— Se eles pudessem depor o Papa, acho que seria a maior vitória deles — disse Queiroz. — Eles não têm dúvida de que Paulo VI é um dos maiores comunistas de hoje. Nem o Joãozinho XXIII eles tinham perdoado, o João, que era só de boa paz.

— Isso aqui está ótimo — disse Mário Lúcio, lendo.

Nei pegou um dos livros de Queiroz na cadeira ao lado: *The Greek Drama*.

— Você está lendo isso?

— É de uma lésbica aí. Ela me emprestou o livro na faculdade, depois não voltou mais para pegar, eu fui ficando com ele. É um assunto que tem me interessado muito, a arte grega.

— E quem que é essa?

— Essa? — Queiroz olhou para a fotografia na página.

— Não, estou dizendo a lésbica.

— Ah. Você deve conhecer: Elaine, uma que estudou Letras na faculdade; ela formou-se há dois ou três anos...

— Acho que me lembro — Nei fingiu naturalidade.

— Contavam alguns casos dela. Muita coisa era invenção, fofoca, coisa que nunca faltou naquela faculdade. Mas lésbica eu sei que ela era mesmo. Uma vez eu cheguei a pegar as duas quase se beijando numa sala vazia. Foi um negócio chato. Mas ela não se afobou: logo arranjou uma desculpa, saiu-se bem. Ela era atriz de teatro, sabia fingir. Eu levei a coisa na brincadeira, para não ficar chato; mas ela não me enganou: lésbica, no duro. E, além disso, eu sei quando uma mulher é lésbica: eu vejo isso a distância.

— É?

— Depois parece que ela consertou, pois casou com um rapaz aí. Mas também já se separaram; por que, eu não sei, ela não me contou, nem fui eu indiscreto de perguntar. A outra eu não vi mais.

— A outra?... — Nei fez uma cara de distraído.

—A que andava com ela: Margarida. Elas andavam sempre juntas. Muita gente pensava que era só amizade, Margarida era bonitinha também, não parecia ter aqueles desvios. Mas o dia que eu vi aquela cena, eu não tive mais dúvida. Depois também uma pessoa me contou, muito reservadamente, outras coisas das duas. Mas pouca gente sabia disso. Eles sabiam é de outros casos da Elaine, outros casos que não eram verdade: que ela já tinha ido pra cama com fulano e sicrano, que ela topava a parada, etcétera. Depois fiquei pensando comigo se essas coisas não era ela mesma que espalhava, para encobrir a história verdadeira. Ela e a Margarida, que era uma das alunas mais fofoqueiras que eu já tive. Tinha uma língua...

Queiroz sorriu:

— Aliás devia ter mesmo, Elaine que o dissesse... Mas tudo isso são casos passados, coisas de estudante, de uma certa fase da vida... Deus me livre de ficar desenterrando cadáveres; minha função não é essa, e sim outra, bem mais nobre.

— É... — disse Nei. — Essa vida é mesmo uma comédia, a gente tem é que rir...

— Por que você está dizendo isso?

— Quem você disse aí que tem uma boa língua, Queiroz? — quis saber Mário Lúcio. — Estou com saudade de uma boa língua.

— Língua de vaca?

— De vaca? Chlap, chlap: já pensou? Com duas lambadas a gente já estava gozando.

— Perguntei se é de vaca com molho.

— Não: sem molho; é mais suave.

— Vocês são pornográficos...

— Você já experimentou língua, Queiroz?

— Só aquela que a gente come.

— E aquela que come a gente?

— Sou um homem casado, Mário Lúcio; olha o respeito.

— Soube esses dias que tem uma mulher aí que chupa o cu — disse Mário Lúcio. — Essa pra mim é novidade. Estou com vontade de experimentar. Vou descobrir quem é. Até que deve ser um negócio gostoso... Imagino uma língua entrando no cuzinho da gente, mexendo, dando lambadinhas...

— Por que você não dá de uma vez? — disse Ricardo.

— Até que eu gostaria, mas...

— O chato é a fungueira...

— Pois é... Mas... Lembrei-me de uma boa: esses dias um amigo meu me contou que teve a maior decepção da vida dele. Ele tinha comprado, tempos atrás, um cão policial bacana, daqueles legítimos mesmo. Aí tratou do bicho com o maior carinho, carne de primeira, tônicos, banho, e foi virando aquele cachorrão. Pois bem: um dia desses está o meu amigo lá na porta da casa dele, e sabem o que ele vê? O cachorro sendo enrabado por outro.

Eles riram.

— Já pensaram? Imaginem a decepção do meu amigo, pegar o cachorro assim, no maior flagra, dando a bunda... Puta merda, deve ter sido de lascar... Morri de rir quando ele me contou isso. Cachorro fresco; foi ótimo. Para vocês verem que até com animal a gente se engana...

— É... — disse Nei.

— Meu amigo ficou tão puto, que estava pensando em ir lá no sítio onde ele comprou o cachorro, para reclamar, talvez conseguir um outro; mas já fazia muito tempo que ele tinha comprado, e ele acabou desistindo. Ele estava pensando também é em levar o cachorro a um veterinário e ver o que é, se o negócio tem cura. Agora, já pensaram na humilhação dele lá, no veterinário, explicando que aquele cachorrão todo, bonito e de meter medo em qualquer um, é bicha?

— Humilhação maior seria a do cachorro — disse Ricardo: — humilhação canina.

E cantou baixo:

— "Dona Mariquinha, o meu gato deu
Vinte pistoladas na bunda do teu.
Se ele deu, fez bem, fez muito bem,
Pistola de gato não mata ninguém."

Os outros riram.

— O negócio é esse, gente — disse Mário Lúcio, dando um murro de leve na mesa, — o negócio é esse: foder a mineirada. Quero ter esse prazer. E vou começar com o meu filme. Escandalizar a burguesada mineira, a Tradicional, a TFP, esses menininhos bonitinhos do Xodó, a Jovem Guarda, toda essa gente. A única atitude digna, honesta e sensata que a gente pode ter com eles é fodê-los. É por isso que eu não saio daqui. Há pouco tempo eu estive no Rio e recebi lá bons convites para trabalhar com uma turma do Cinema Novo, mas não aceitei. Por quê? Porque meu negócio é aqui. Algum dia isso aqui tem de acabar. Uma geração tem que liquidar isso, pôr fogo nisso tudo; uma geração tem que ficar aqui para fazer isso. Chega de ir pro Rio e pra São Paulo. A luta agora vai ser aqui, o pau vai quebrar é aqui mesmo, no Curral del Rey. Estou inteiramente convicto disso. A missão de nossa geração é essa; é isso o que nós temos de fazer através de nossa arte. Vamos ser os primeiros que não fugiram, que pegaram o touro à unha, que resolveram enfrentar o monstro cara a cara.

Queiroz deu uma risadinha:

— Sabe que eu já estou começando a desconfiar que você é um gênio, Mário Lúcio?...

— É? — Mário Lúcio ficou olhando para ele.

— Já pensaram? — continuou Queiroz, falando para Nei e Ricardo. — Já pensaram quando o filme do Mário Lúcio estiver passando aqui, o que vai acontecer? Essa cidade vai acabar.

— Você é um grande filho da puta, hem, Queiroz? Queiroz ria, sarcástico.

— Eu sempre desconfiara disso — continuou Mário Lúcio, — mas nunca tinha podido comprovar. Hoje eu vi bem o tipo que você é. Aliás, não é um grande filho da puta, não: você é um pequeno filho da puta. Nem como filho da puta você chega a ter alguma grandeza.

— Bom — Queiroz ficou sério de repente: — você já disse o que queria; agora dá a descarga e fecha a tampa do vaso, pra não ficar fedendo.

— Eu não disse o que queria, não: você está enganado. Ainda tem mais. Eu quero te desmascarar na frente de todo mundo, quero mostrar para os outros o hipócrita que você é. Essa sua aparência de sujeito avançado... Você nunca me enganou, Queiroz; no fundo, você é um quadradão, e puritano ainda por cima. "Homem casado"... Foda-se. Que tenho eu com isso? E vai ver que, fechadinhos lá no quarto, são os que fazem as maiores sacanagens, as sacanagens mais refinadas. Depois saem para a rua com essa cara de santo.

— Mário Lúcio — disse Queiroz, vermelho, alterado, — sua conversa está muito inconveniente. Estamos aqui entre amigos, ou assim parecia, e não para des-

214

carregar a nossa bílis em cima dos outros. Ou o nosso vômito, se você preferir.

— Eu prefiro é que você se foda — disse Mário Lúcio, ameaçando-o com o dedo.

Algumas pessoas perto ficaram olhando.

Os dois pararam.

Pouco depois Mário Lúcio disse que precisava descer; calculou a despesa, deixou sua parte e despediu-se de Nei e Ricardo.

— Essa gentinha metida a gênio... — disse Queiroz. — Uns porcariinhas desses... Está de cueiro ainda e quer ditar verdades pra cima dos outros. Vá...

— Vamos pedir mais uma cerveja, e depois vamos embora — disse Nei; — tenho aula amanhã, não posso deitar muito tarde.

— Uns pedaços de gente desses... — continuava Queiroz. — Vai ver que ele nem conhece mulher. Vai ver que ele é virgem ainda. E fica aí com essa lorota toda. Tem graça...


Vitor esperava-o no corredor:

— Essa sua aula não acaba mais, não?

— Acabou na hora de sempre, até um pouco mais cedo. O que houve?

Foram andando para o elevador.

Nei sentiu o bafo.

— Você estava bebendo?

— Estou puto — disse Vitor.

— O que aconteceu?

Vitor tirou uma carta do bolso e esticou-a, sem dizer nada.

No envelope, o timbre da editora. Nei logo calculou tudo.

"Infelizmente poesia é no momento um gênero de difícil vendagem e"...

Vitor tomou a carta de volta.

— Espera aí; não acabei de ler, não.

— É isso mesmo; não vão publicar o livro; não tem mais nada, não.

Os dois esperando o elevador.

Vitor andava de um lado para outro, vermelho, o rosto suado de bebida e raiva.

— Os filhos da puta. Levarem um ano para me responder isso que está aqui. Se é por isso, se não aceitaram porque não publicam livro de poesia, então por que não escreveram logo? Um ano esperando. Agora acabou, não quero nem mais saber.

— Foi só uma editora, Vitor; você pode mandar para outra.

— Mandar para outra? Para acontecer isso de novo? Não quero nem mais saber.

Entraram no elevador. Desceram calados.

No saguão, Vitor continuou:

— Esperar um ano para receber essa porra. "Infelizmente"... Infelizmente é o cu deles. Pra mim, acabou. Não quero mais saber de poesia, nem de literatura de qualquer espécie. Nem ouvir falar. Vou aprender a não ser bobo. Já devia ter aprendido. Poesia, quem quer saber disso hoje? A gente fica aí, fazendo papel de bobo. Esperar um ano inteiro para receber uma carta dessas. Eu devia ter pelo menos desconfiado. Eu fico puto é com isso: ficarem um ano lá com o livro, para depois responderem essa baboseira; e ainda dizem que eu tenho "a marca inequívoca do verdadeiro poeta". Merda pra marca inequívoca; o que eu queria era ver o meu livro publicado. Em compensação, eu agora vou encher a cara todo dia; vai ser pior do que antes. Hoje de manhã já comecei: acabei de ler a carta e fui direto para o bar. Nada agora me segura mais. Vou encher a cara todo dia.

Embalara no romance: três dias já trancado no quarto, escrevendo horas seguidas, numa verdadeira febre, as páginas se amontoando na mesa. Não saía mais para nada, não conseguia fazer nem pensar mais nada, era uma loucura.

E então começou a cansar-se. Uma paradinha era o melhor que tinha a fazer, e bem que a merecia, o romance ia o melhor possível, ele estava superentusiasmado.

— Olá, Balzac! Como vão as balzaquianas?

— Acabou o romance? Quantos volumes? Dez?

— Cuidado, hem? Escrever demais põe doido. Olha sua cara como que já está. Ou você tem escrito mesmo, ou então anda na farra, como diria minha mãe.

Encheu o copo:

— De volta à Babilônia.

— Aqui não cabem gênios, só cabem literatos fodidos.

— Quem que é literato aqui? — protestou Vitor. — Eu sou um poeta aposentado, pinguço em plena atividade, funcionário público, esposo e pai dedicados, não tanto, mas pelo menos tenho dado conta do recado. Fora isso, amante de todas as mulheres do mundo e lutador de karatê.

— Karatê?...

— Estou aprendendo karatê, Nei; vou três vezes por semana à aula. Até já perdi um pouco da barriga, olha aqui. O problema é o chope; se eu não parar de beber, o meu progresso vai ser muito lento. O duro vai ser isso. Acho que eu vou acabar parando é com o karatê...

Nei riu.

— Estou bebendo todo dia agora; voltei às canchas, para alegria geral e especialmente a minha. Esse negócio de poesia pra mim acabou. Por favor, hem, gente? Não falem em poesia é um assunto proibido aqui, nessa mesa. O negócio agora é karatê. Karatê, chope e piscina no Minas.

— Você está queimado de sol; você tem mesmo ido ao Minas?

— Toda manhã, sem faltar uma. Eu estava matando aula quase todo dia, agora já não tem mais, e estudar para as provas eu não vou mesmo; eu colo, me viro, dou um jeito lá, estudar é que não vou, não tenho mais saco pra isso. E, depois, estudar com esse sol bacana de manhã? Eu pego o meu calção e vou para o Minas. Por que você não vai também, Nei? Vamos juntos, você também agora está de folga. Você não é sócio lá?

— Sou, mas nem sei mais como que está a minha situação lá; há tempos que eu não vou e que eu não pago, já devo até ter sido desligado. Além disso, ando muito cansado, não aguento nadar nem um pouco.

— Nadar? Você pensa que eu vou lá para nadar? Eu vou lá para ficar na beira da piscina, tomando sol e vendo as meninas, rapaz. Precisa ver as meninas que têm ido lá: é cada coisa de deixar a gente doido...

— Hum...

— Vamos, você vai lá amanhã e vê como que está a sua situação, acerta tudo.

— E o meu romance?

— Romance, porra... Tomar sol, ver umas meninas fabulosas, queimadinhas... Você está precisando é disso. Você vai até escrever melhor depois, você vai ver.

Nei riu.

— É mesmo — disse Vitor. — Você não tem visto o sol que tem feito de manhã? Tá um troço. Eu agora não perco mais nem um dia; toda manhã estou firme lá. Te garanto que se você for um dia, você vai fazer a mesma coisa. Sou capaz de apostar.

— É, pode ser... Mas se eu já tiver sido desligado?

Dois dias depois estavam juntos, de calção, deitados na grama, os corpos suando ao sol.

— Olha ali aquela de maiô vermelho — disse Vitor. — Que pernas... E olha que testa... Essa eu acho que eu ia é de língua, e você?

O céu azul, o sol brilhando intenso, gente nadando, meninos correndo ao redor da piscina, uma turma jogando vôlei, cheiro de suor, cloro e grama, um agradável torpor em todo o corpo.

— É, Vitor, foi bom você me chamar para vir aqui; eu estava mesmo precisando disso...

— Eu não te disse?

— Está uma beleza isso aqui...

Vitor acenou com os olhos:

— Olha ali, Nei, olha o jeito que essa menina deitou... Está dando para a gente ver direitinho o rachadinho dela; é a mesma coisa de ela estar sem nada. Olha lá... E ela está assim de propósito, para tesar a gente.

— É...

— Fico impressionado com essas meninas de hoje; elas não ligam mais para nada, estão só a fim de fazer sacanagem... Puxa, as coisas mudaram de uns tempos para cá... Olha essa menina; e ela ainda fica abrindo e fechando as pernas, mascando... Olha que trenhão, que delícia... Puta merda. E aposto que daqui a pouco ela ainda olha para aqui e dá um sorriso...

Esperaram.

A menina então olhou — e sorriu...

— Eu não disse? Dito e feito... Eu sabia...

Vitor virou-se de lado:

— Eu não posso vir aqui mais, não. Olha: eu fico de pau duro o tempo todo...

— E em Copacabana então?... Ipanema...

— Nem penso. Quando vou lá, eu nem tenho tempo de entrar no mar: eu fico na praia, olhando as boas. Uma vez até já gozei lá, só de olhar.

— Por que todo mineiro, quando vem à praia, traz uma espiga de milho debaixo do calção?...

— É, essa eles contam lá... São duas coisas, as duas primeiras coisas que todo mineiro faz quando vai ao Rio: ir à praia e ver striptease. Quer encontrar no Rio a mineirada de Minas, é só ir aos stripteases: está todo mundo lá.

Uma peteca extraviada foi cair ao lado deles; Vitor devolveu-a para as duas meninas.

— Podíamos comprar uma peteca para nós, hem? Ou então uma bola de vôlei. Você joga vôlei?

— Jogo. Isto é: sei jogar. Mas faz tempo que não jogo.

— Eu também. Acho que a última vez que joguei eu ainda estava no ginásio. Meus bons tempos de ginásio... AC: Antes do Chope. AC e DC: Antes do Chope e Depois do Chope; minha vida se divide assim. Eu já fui outro, Nei... Não fui sempre esse pinguço que você conhece, não. Já fui um jovem direito, bem-comportado, cumpridor de seus deveres... Já fui "um menino exemplar". Depois veio o chope, a poesia, as "más companhias", o casamento... E aí acabou tudo. Aí virei esse beberrão que você conhece. Mas antes eu não era assim. Por isso é que eu digo: AC e DC. Tudo começou com o chope. E vai certamente terminar com o chope.

— Hum...

— Eu não consigo mais parar de beber, Nei. Posso parar de vez em quando, durante algum tempo; mas logo recomeço. Não tem jeito, não. Já fiz até tratamento psiquiátrico, e não adiantou. É verdade que eu não segui tudo o que o médico mandou; mas, também, não segui porque

221

sabia que não ia adiantar, eu estava é perdendo dinheiro à toa. O dinheiro que eu ainda ia pagar a ele dava, eu fiz as contas no papel, dava para tomar uns trinta chopes. Quando eu vi isso, não tive mais dúvida: eu voltar lá? De jeito nenhum. Não fiz um grande negócio?

Nei riu.

— O chato é os chopes que eu perdi com o dinheiro que paguei a ele no começo. Sem falar nos que eu deixei de tomar por causa do tratamento. Bobagem, sei que eu vou acabar é assim mesmo, afogado no chope. A gente morre mesmo, então vamos pelo menos morrer daquilo que a gente gosta. Otávio me roubou o que deveria ser a minha última frase: "Cadê meu copo de cerveja?" Eu é que deveria morrer assim.

— Você não precisa parar de beber, Vitor; bebe menos.

— Beber menos é mais difícil do que não beber nada, Nei.

— Então não bebe nada.

— Não beber nada é impossível.

— Então não tem jeito, uai.

— Pois é isso que eu disse: não tem jeito.

E os dois ficaram se olhando.

— Mas não se preocupe, Nei; eu ainda vou te encher o saco por muitos anos... Ainda vou tomar milhares de copos de chope e de cerveja... A bebida não vai me matar tão cedo. Tenho um filho para criar; enquanto eu não fizer isso, eu não morrerei. Pelo menos da bebida. Ainda vou viver muitos anos. Esse negócio de poeta morrer cedo acabou. Romantismo foi no século dezenove; estamos no século vinte, o século da minissaia, dos foguetes espaciais. O poeta hoje vai à piscina. E como ele pode pensar em morrer cedo, diante dessas pernas queimadas de sol, dessa água azul, desse sol e desse céu? Só se ele for doente. E se ele for doente, em vez de escrever poesia, deve é ir ao médico, fazer tratamento. Isso tudo aqui é melhor do que qualquer poema. Isso aqui é a vida.

— E a poesia, você parou mesmo?

— Não sei; não estou pensando nisso agora. Vou esquecer a literatura uns tempos. Deixei o meu livro na gaveta. Talvez, daqui a uns meses, eu pegue ele de novo e veja o que eu faço: se mando para outra editora, se rasgo, ou o que for. Eu ia rasgar ele agora; eu tinha me prometido que se não o publicasse esse ano, eu o rasgaria. O dia que eu peguei ele no correio, eu estava disposto a fazer isso. Desembrulhei e ia rasgar; mas fui dar uma olhada antes, comecei a reler alguns poemas e... É duro, viu? É duro você rasgar um livro seu. São só umas folhas de papel, mas a gente começa a ler e vai vendo tanta coisa, lembrando de tanta coisa... Quando vi, eu já tinha amolecido.

— É...

— Bom, eu disse, eu guardo ele numa gaveta e daqui a uns tempos dou uma nova olhada: se eu achar que vale a pena, eu tento de novo uma editora; se eu não achar... Rasgar, eu acho que eu nunca terei coragem. A única coisa que eu poderia fazer é deixar ele jogado no chão de qualquer jeito para a empregada pensar que é lixo, e uma hora que eu me distraísse, ela varresse e queimasse. Só assim eu teria coragem. Vamos ver. Deixa ele lá, na gaveta, uns tempos. Mais tarde eu olho e vejo o que eu faço com ele. Mas agora eu não estou pensando nisso. Agora eu quero saber é dessa vida aqui. Tirei férias da poesia.

— Mas ela não tirou férias de você.

— Por quê?

— Você é poeta, Vitor; queira ou não queira, você é poeta. Mesmo quando você está negando a poesia, você ainda está sendo poeta. Não percebeu a poesia no que você acabou de dizer?

— No que eu acabei de dizer? O que eu disse?...

— Sabe, eu acho que você tem alguma razão no que você disse; mas confesso que eu vou ficar alegre o dia que eu te encontrar de novo, de fogo ou como for, e você dizendo: "Eu sou o poeta."

Vitor baixou a cabeça, comovido.

— É... Quem sabe se de um dia para outro eu estouro aí com um poema novo? Pode ser. Mas... Eu não sei... Aquela carta me chateou muito, Nei; eu perdi todo o entusiasmo pela poesia...

— O que tem a poesia a ver com a recusa de seu livro?

— O que me interessa é ver o meu livro publicado. Estou cansado de fazer poesia para as gavetas, ou de ficar publicando nessas revistas e suplementos literários que só uma meia dúzia lê. Eu quero falar para milhares, para todo o Brasil, isso é o que eu quero. O que eu queria...

— O que você quer, Vitor.

— Está bem: o que eu quero, o que eu continuo querendo. E daí? O que adianta isso? O que adianta eu querer? Não fiz tudo o que precisava fazer? Não mandei o meu livro para a editora? Não esperei um ano? E o que eles me responderam? Mandaram eu tomar na bunda. Não foi, não? Vai me dizer que não foi?

— Foi só uma editora, Vitor. Existem dezenas de outras. Você só tentou uma.

— É uma situação geral, Nei, você sabe disso, eu não sou o único caso. Não, quem é poeta hoje no Brasil está mesmo fodido; está condenado a escrever para os amigos e parentes, uma meia dúzia de privilegiados. Se é que ler poesia pode ser considerado privilégio...

— Por que você não tenta uma nova editora, só mais uma vez?

— Embrulhar de novo, levar ao correio, esperar... Não; deixa o livro quieto lá na gaveta. Um dia eu dou uma nova olhada: se eu achar que vale a pena, eu mando para uma nova editora. Mas agora está mesmo decidido: eu não vou mesmo mexer com isso. Agora eu quero saber é de piscina, essas meninas, e o velho chope. E karatê.

— Então tá...

— Escuta — e Vitor voltou-se de repente para ele, já entusiasmado antes de falar: — por que você também não aprende karatê?

— Eu?

— É, uai. Por que você também não entra para lá, para a gente aprender junto? Estou no comecinho ainda. Seria genial. Já pensou? Nós dois no karatê... Porra, genial. Hem?...

— Hum.

— Já estou até vendo você de uniforme, a gente treinando junto os golpes... A gente podia até estabelecer um programa: de manhã Minas, de tarde karatê, e de noite chope com a turma.

— E o meu romance, onde que ele entra nisso?

— Meu romance... Você só fala na merda desse seu romance... Esquece ele um pouco, Nei; você tem a vida inteira pela frente para escrevê-lo.

— Quem disse que eu tenho a vida inteira pela frente?

— Se não tem, mais razão ainda para você não escrevê-lo.

Nei riu.

— Deixe a literatura para quando você estiver cansado da vida. O que interessa agora é a vida, e a vida está aí, junto da gente, só esperando a gente agarrar. Um dia isso acaba, você pensa que não acaba? Um dia você termina de escrever seus romances, olha lá fora, e cadê a vida? Acabou. Pense nisso. Ou, melhor: não pense; decida de uma vez. Vamos?

— Karatê não.

— Por quê?

— Não me interessa muito.

— Então diz o que te interessa.

— Não sei...

Nei ficou pensando.

— Bom, faz assim — terminou Vitor: — você pensa, e amanhã, aqui no Minas, você me diz. Tá?

— Amanhã não sei se eu venho.

— Por quê? Já sei: a droga do romance outra vez. Porra, qualquer dia eu vou lá no seu apartamento, pego esse seu romance e rasgo tudo, você vai ver. Acho que é o único jeito.

Nei riu.

— O que você quer com ele, hem? Me diga. Meninas como essas? Uma piscina? Esse sol? Esse céu? Se é isso o que você quer, não precisa escrever ele, já está tudo aí. E se não é isso, não sei o que pode ser. Há outra coisa que seja melhor ou tão boa quanto isso? Há? Se há, me diga, que eu não conheço. Deve ser uma coisa do outro mundo.

Vitor balançou a cabeça:

— Não te entendo mesmo, Nei, juro que eu não entendo...

Levantou-se no dia seguinte com a decisão de escrever — a primeira coisa que faria, depois de tomar o café.

Tomou o café e ficou um pouco à janela, olhando a manhã, intensamente clara, com um sol maravilhoso: em vez do romance, foi para o Minas.

Não encontrou Vitor; algum imprevisto? Ele dera certeza que viria, estava vindo toda manhã...

Deitado na grama, de vez em quando olhava para a saída do vestiário: nada. Sentiu um começo de desânimo. Vitor e os planos dele. Os entusiasmos repentinos de Vitor. "Aposto que ele não vai aparecer aqui nem mais um dia", pensou. Desânimo e raiva. A voação de Vitor, a falta de persistência para tudo — "menos para a bebida", pensou, com uma ironia vingativa.

De tarde deitou-se um pouco. Depois que se levantou, resolveu escrever uma carta para os pais, falando sobre aquelas idas ao clube. Isso naturalmente iria alegrá-los. Sobretudo o pai: a saúde é importante, você tem dormido bem? "Ontem eu dormi como uma pedra: desabei na cama e só acordei no dia seguinte. Hoje também eu já fui à piscina, de manhã, e nadei bastante. Quero ir todo dia agora. Tem feito um sol maravilhoso."

Vitor, Zé e Ricardo na mesa do bar.

— Seu tratante; eu fui lá, no Minas.

— Eu bebi demais essa noite, Nei... Eu fui deitar de madrugada e acordei já na hora do serviço. Você foi mesmo?...

— Aposto que você não vai mais nem um dia, Vitor.

— Não vou por quê? Claro que eu vou. Diabo, por que você está me esculhambando? Eu por acaso combinei com você? Você não disse que não ia?

— Disse mesmo, você tem razão; depois é que eu resolvi. Agora eu vou todo dia também. *Mens sana in corpore sano.*

— Eu sou *mens insana in corpore insano* — disse Zé.

— Você vai mesmo?... — Vitor olhava surpreso para ele. — O que te deu na cabeça? Você levou a sério as coisas que eu te disse ontem? Vai seguir os meus conselhos? Pois faz você muito bem; sou um homem experimentado. Citando o Queiroz: eu já passei por isso.

— Vou mudar de vida agora, cuidar mais do meu corpo e menos da minha alma.

— Você ainda tem isso? — disse Zé. — Minha alma já morreu há muito tempo. Há tanto tempo, que às vezes fico até pensando se eu tive mesmo alma algum dia ou se eu já nasci com ela morta.

Ricardo ria.

— O que foi, bicha? De que você está rindo?

— *Mens sana in corpore sano...* Isso foi na antiguidade. Hoje a gente já nasce com o sangue envenenado, a energia minada, a cabeça com algum parafuso estragado ou faltando. E se nasce bem, o mundo se encarrega de em pouco tempo inocular uma neurosezinha, uma loucurazinha, um cancerzinho qualquer. E se o mundo não faz isso, o próprio sujeito não aguenta sua saúde e acaba dando um jeitinho de se contaminar. Não desespere, meu amigo, há jeito para tudo, amanhã você consegue sua doencinha também, todos conseguem, mais dia menos dia... *Mens sana in corpore sano...*

— Tá...

— Você está achando que aqui é o quê? Que Belo Horizonte é Roma ou Atenas? Belo Horizonte é um cu fechado, cheio de bosta dentro. E você está no meio dessa bosta, velho, está enfiado dentro dela como todos nós estamos, e já comemos dela, e agora tem bosta circulando em nossas veias, bosta na nossa cabeça. E olha, bosta quando entra na cabeça, não tem mais jeito, não.

— É?...

— Eu falei em Belo Horizonte. Que Belo Horizonte? Isso é toda parte hoje, o mundo inteiro. *Mens sana in corpore sano*: o que significa isso hoje? O que é *sano* hoje? O que não é louco?

— Somos todos uns loucos, já disse o Ricardo Bicha. Quantas vezes será que você disse essa frase, hem, Ricardo?

— A gente podia fazer uma estatística — disse Vitor. — Uma estatística das coisas desse ano. Por exemplo, essa, quantas vezes o Ricardo disse a frase "somos todos uns loucos".

— É a frase mais certa que vocês ouviram, podem crer.

— Que mais? — continuou Vitor. — A quantidade de chopes que eu bebi. A quantidade de vezes que o Nei disse que ia escrever o romance.

— Eu comecei — disse Nei.

— E as que o Zé disse que ia largar o banco.

— Eu não larguei — disse Zé.

— O ano ainda não acabou.

— O ano não, mas eu já.

— Quantos litros de esperma postos fora.

— Punheta vale?

— E chupada?

— Tem que ser só na xoxota ou bunda também é considerada?

— Só vale bunda de mulher ou de bicha também? E bicho? Por exemplo: cabra, égua e outros animais.

— Quantos metros de bosta.

— As mulheres que eu quis foder e não fodi. Os filhos-da-puta que eu guardei na garganta.

— O que não estampei no rosto. Tudo o que punge, tudo o que devora o coração.

— A quantidade de cigarros que fumei. Um emendado no outro daria para tocar alguma estrela?

— Talvez para tocar o fundo do poço.

Dias lentos, vagos, sol quente e calor, as horas passando sonolentas, uma inércia dominando tudo, desânimo de levantar-se da cadeira no bar e ir para casa: "Vamos tomar mais uma" — e outra garrafa de cerveja, mas já sem vontade, as conversas sobre nada, entre bocejos e olhares distraídos.

Uma tarde Ricardo propôs:

— Estive pensando: por que a gente não recomeça a revista? As férias vêm aí, a gente podia aproveitar e desde já ir preparando o número três. O que vocês acham?

— É... — disse um deles, sem entusiasmo.

E quinze minutos depois o assunto havia morrido — ninguém estava interessado em fazer revista nenhuma, ninguém estava interessado em fazer nada, apenas beber e conversar, enquanto o tempo passava lá fora, no asfalto quente.

— Quer dizer que a revista morreu? — perguntou Ricardo depois, menos talvez por preocupação com a revista do que por recomeçar uma conversa naquela falta de assunto.

— Morreu, já foi enterrada e celebrada a missa do sétimo dia — disse Zé.

Em casa, o seu romance parado: não sentia mais a menor vontade de continuá-lo, a febre dos primeiros dias sumira. Sentia agora apenas um grande cansaço — cansaço do romance e de tudo o mais. Talvez um dia o recomeçasse; talvez não. Por que se preocupar com isso? O mundo não ia depender disso — não é assim que ela dissera?...

Na faculdade, a preparação para as provas, gente cruzando o saguão e o pátio com livro aberto, os horários afixados nos quadros de avisos. O movimento político tinha se recolhido, não havia mais estudantes presos, e o governo falava em propostas de diálogo democrático, o que um boletim do DCE denunciava como sendo mais uma manobra política: "Nenhum diálogo é possível com um governo que vem tratando os estudantes como bandidos e que em vez da força das ideias usa a força das baionetas." Mas não havia nenhuma convocação de assembleia, nem passeata marcada. Todo mundo estava preocupado agora só com tirar boas notas e passar de ano.

Encontrou Vitor numa mesa da biblioteca.

— Resolvi dar uma estudada, por isso é que eu não tenho ido ao Minas esses dias. Você tem?

— Tenho, mas já está ficando chato, já estou me cansando.

— Vamos tomar um café? Faz quase uma hora que eu estou estudando, já estou me sentindo até meio esgotado...

Os dois foram.

— Vou dar pelo menos uma estudada — disse Vitor; — pelo menos para ter base para sacar um pouco. Senão, só vou poder assinar o meu nome e entregar. Você tem encontrado o Zé? Acho que ele nem vai fazer as provas.

— Parece que ele largou mesmo a faculdade. Também com as faltas que ele tem, acho que ele já perdeu o ano, não pode mais fazer prova. Umas quantas vezes ele veio aqui esse semestre?

— Menos do que eu. Mas ele faz bem. O que esses professores aí podem ensinar para ele? O Zé conhece literatura melhor do que qualquer um deles. Ele estava é perdendo tempo vindo aqui.

Os cafés fumegando.

— Estou bebendo menos agora — disse Vitor. — Não te contei ainda: eu estou fazendo uma horta lá em casa. Plantei umas alfaces e cenouras, eu mesmo cavei, meu tio me ensinou como fazer. Agora toda tarde, depois que eu volto do serviço, estou lá, aguando. Isso foi até bom para eu parar um pouco de beber. Eu penso: "Tenho de aguar as minhas alfaces e cenouras." E aí, em vez de ir para o bar, eu vou para casa. E de noite fico lá, vendo televisão; não tem quase nenhum programa que preste, mas viciei, televisão é um vício. Estou me tornando o próprio animal doméstico. De certo modo, isso está sendo bom para mim: não tenho mais brigado com a Juci, ando mais calmo, não grito quase com o Paulinho; a paz voltou a reinar no lar. Acho que eu estou ficando velho, Nei...

— Nós estamos, Vitor...

— Você precisa aparecer lá em casa, você não foi mais lá... Vai uma noite dessas; eu tenho umas Brahmas na geladeira. Diminuí de beber, mas não parei, não. Vai e chama o Zé. Quem esteve lá ontem à noite foi o Domingos. Vimos o tape do Cruzeiro e Atlético no Mineirão; depois ficamos conversando e bebendo Brahma até tarde.

Vitor pagou os cafés.

Acenderam os cigarros e foram voltando.

— O dia que eu colher as primeiras alfaces e cenouras, vou chamar você e o Zé para nós comermos e comemorarmos. De que você está rindo?...

— Estou lembrando de uma conversa nossa: "Por que você não escreve sobre as cenouras que eu enfiei no rabo?"

Vitor riu.

— Lembra?...

— Lembro...

— Você avicultor e o Zé horticultor...

— Quem sabe o Zé está criando galinha, e a gente não sabe? Vai ver que é por isso que ele está sumido...

Os dois ficaram rindo.

— Foi uma coisa boa que eu fiz, Nei. Você precisa arranjar uma coisa dessas também. Você precisa é casar, rapaz. Ter uma casa, mulher, filhos, uma horta...

— "Plantar uma árvore, gerar um filho e escrever um livro"...

— Eu já fiz os três. Plantar a árvore e gerar o filho até que foram fáceis; o mais duro foi escrever o livro.

— É, escrever um livro não é fácil.

— Eu já encerrei. Pode ser que eu ainda plante mais alguma árvore e gere mais algum filho; mas escrever mais algum livro, eu duvido. Já escrevi um, não é bastante? Para que mais? Já tem muito livro no mundo. E, depois, acho que o melhor que eu poderia fazer eu já fiz, e mesmo isso não é grande coisa.

— Você é o nosso poeta, Vitor.

— Nosso poeta... Só fiz uns três ou quatro poemas verdadeiramente bons. O resto correu por conta do "ardor da juventude" e do chope. Agora acabou o ardor da juventude, só tem o chope, e eu vejo as coisas como elas realmente são, não tenho mais ilusões.

— Você fala como um velho de setenta anos...

— De setenta eu não digo, é muito; mas, sabe, eu me sinto mesmo velho. Sinto que alguma coisa passou. Sinto que passou um tempo em que tinha sentido eu fazer certas coisas, e agora não tem mais...

Pararam um pouco no pátio. O céu com grandes nuvens brancas, imóveis.

Vitor passou a mão pelo rosto:

— Que calor... Se continuar assim, ninguém mais aguenta. O pior é que não há nenhum sinal de chuva...

Acabaram de entrar. Foram juntos até a porta da biblioteca.

— Te contei que larguei o karatê? — lembrou Vitor.

— Não...

— Pois é, larguei. O cara disse que o meu progresso estava muito lento, que eu precisava parar de beber como bebia. Preferi parar com o karatê. Você sabe: o chope vence sempre. E, depois, também, pensei: diabo, o que eu vou fazer com karatê? Foi aí que eu resolvi começar a horta. Horta é mais divertido, e, quando começar a dar, vai me fazer alguma economia de dinheiro, isso sempre ajuda. E tem a vantagem de eu não precisar parar de beber; principalmente essa vantagem...

— É...

— Bom — disse Vitor, — deixa eu ir estudar um pouco. Tiau.

As chuvas vieram finalmente em dezembro, e agora chovia quase todo dia — uma chuvinha fina, que começava de manhã e ia até a noite.

Na faculdade, era o fim das provas.

— Vim só me despedir — disse Vera.

— Quando você vai?

— Amanhã.

Os dois ficaram à janela. Lá embaixo, no pátio, uma turminha festejava sob a chuva.

— E você? — ela perguntou. — Você também vai viajar?

— Ainda não sei.

— E seu romance?

— O romance está parado.

— Aquela última vez que nos encontramos parece que você ia bem — ela lembrou.

— A última vez? É, aquela ocasião eu ia; depois atrapalhou. Talvez eu nem escreva mais esse romance...

— Por quê?

Fez um gesto vago.

— Pode ser uma fase que você está atravessando — ela disse.

— É, pode ser...

— Eu gostaria que você o terminasse; eu ficaria contente com isso.

236

— Você?... — olhou, meio rindo, para ela.

— Você não acredita, não é?

Ergueu os ombros.

— Eu sei; você nunca acreditou em mim.

— Não, não é assim.

Ela sorriu:

— Também que importância tem isso agora...

A chuva caía, num só ruído. O dia escuro, o pátio molhado, poças d'água, de vez em quando alguém passando de sombrinha ou guarda-chuva.

— É estranho — ela disse; — é como se não tivesse havido nada, como se a gente nunca tivesse realmente se encontrado...

— É...

— Não sei o que houve, se foi culpa minha ou sua... Ou, talvez, não tenha sido culpa de ninguém; talvez aconteceu assim porque tinha de acontecer...

Ele não disse nada. Olhava para a chuva.

— Bom — ela disse, — eu já vou.

Olhou para ele:

— Você ainda fica?

— Fico; eu ainda fico um pouco.

— Está bem.

Ela estendeu-lhe a mão:

— Então tiau.

— Tiau.


A espuma branca do chope cresceu e transbordou do copo.

— Então feliz Ano Novo para todos nós!

Os três ergueram os copos e brindaram.

— Tudo de bom.

— Boas entradas no ânus novo...

Havia ao redor um ambiente de euforia, conversas ruidosas, risadas, barulho de copos e garrafas. Na rua um carro passou buzinando, e logo depois um foguete estourou.

Vitor olhou o relógio:

— Onze e quarenta: está quase...

— Como se alguma coisa fosse mesmo mudar — disse Zé. — Ano Novo, e é só um dia depois do outro, e tudo continua na mesma...

— Pois eu sinto como se alguma coisa fosse começar — disse Vitor.

— Começar o quê? A merda é sempre a mesma. Você vai acordar amanhã num outro ano e o que você vai ver? As mesmas coisas que está vendo agora, nada mudou.

— Não sei — disse Vitor; — não acho que seja assim...

Ficaram um instante calados, olhando para a chuvinha que tinha começado lá fora.

— Estou pensando em recomeçar o meu romance essas férias — disse Nei. — Vou ter muito tempo. Talvez eu até o acabe. Pelo menos eu gostaria de tentar de novo.

*Belo Horizonte, 1°-11-66.*
*Iowa City, 25-11-68.*

*Autor e Obras*

Luiz Vilela nasceu em Ituiutaba, Minas Gerais, em 31 de dezembro de 1942, sétimo e último filho de um engenheiro-agrônomo e de uma normalista. Fez o curso primário e o ginasial no Ginásio São José, dos padres estigmatinos.

Criado numa família em que todos liam muito e numa casa onde "havia livros por toda parte", segundo ele conta em entrevista a Edla van Steen (*Viver & Escrever*), era natural que, embora tendo uma infância igual à de qualquer outro menino do interior, ele desde cedo mostrasse interesse pelos livros.

Esse interesse foi só crescendo com o tempo, e um dia, em 1956 — ano em que um meteorito riscou os céus da cidade, deixando um rastro de fumaça —, Luiz Vilela, com 13 anos de idade, começou a escrever e, logo em seguida, a publicar, num jornal de estudantes, *A Voz dos Estudantes*. Aos 14, publicou pela primeira vez um conto, num jornal da cidade, o *Correio do Pontal*.

Aos 15 anos foi para Belo Horizonte, onde fez o curso clássico, no Colégio Marconi, e de onde passou a enviar, semanalmente, uma crônica para o jornal *Folha de Ituiutaba*. Entrou, depois, para a Faculdade de Filosofia, Ciências e Letras, da Universidade de Minas Gerais (U.M.G.), atual Universidade Federal de Minas Gerais (UFMG), formando-se em Filosofia. Publicou contos na "página dos novos" do *Suplemento Dominical do Estado de Minas* e ganhou, por duas vezes, um concurso de contos do *Correio de Minas*.

Aos 22, com outros jovens escritores mineiros, criou uma revista só de contos, *Estória*, e logo depois um jornal literário de vanguarda, *Texto*. Essas publicações, que, na falta de apoio financeiro, eram pagas pelos próprios autores, marcaram época, e sua repercussão não só ultrapassou os muros da província, como ainda chegou ao exterior. Nos Estados Unidos, a *Small Press Review* afirmou, na ocasião, que *Estória* era "a melhor publicação literária do continente sul-americano". Vilela criou também, com outros, nesse mesmo período, a *Revista Literária*, da U.M.G.

Em 1967, aos 24 anos, depois de se ver recusado por vários editores, Luiz Vilela publicou, à própria custa, em edição graficamente modesta e de apenas mil exemplares, seu primeiro livro, de contos, *Tremor de Terra*. Mandou-o então para um concurso literário em Brasília, e o livro ganhou o Prêmio Nacional de Ficção, disputado com 250 escritores, entre os quais diversos monstros sagrados da literatura brasileira, como Mário Palmério e Osman Lins. José Condé, que também concorria e estava presente ao anúncio do prêmio, feito no encerramento da Semana Nacional do Escritor, que se realizava todo ano na capital federal, levantou-se, acusou a comissão julgadora de fazer "molecagem" e se retirou da sala. Outro escritor, José Geraldo Vieira, também inconformado com o resultado e que estava tão certo de ganhar o prêmio, que já levara o discurso de agradecimento, perguntou à comissão julgadora se aquele concurso era destinado a "aposentar autores de obra feita e premiar meninos saídos da creche". Comentando mais tarde o acontecimento em seu livro *Situações da Ficção Brasileira*, Fausto Cunha, que fizera parte da comissão julgadora, disse: "Os mais novos empurram implacavelmente os mais velhos para a história ou para o lixo."

*Tremor* foi, logo a seguir, reeditado por uma editora do Rio, e Luiz Vilela se tornou conhecido em todo o Brasil, sendo saudado como A Revelação Literária do Ano. "A crítica mais consciente não lhe regateou elogios", lembraria depois Assis Brasil, em seu livro *A Nova Literatura*, e Fábio Lucas, em outro livro, *O Caráter Social da Literatura Brasileira*, falaria nos "aplausos incontáveis da crítica" obtidos pelo jovem autor. Aplausos a que se juntaram os de pessoas como o historiador Nelson Werneck Sodré, o biógrafo Raimundo Magalhães Jr. e o humorista Stanislaw Ponte Preta. Coroando a espetacular estreia de Luiz Vilela, o *Jornal do Brasil*, numa reportagem de página dupla, intitulada "Literatura Brasileira no Século XX: Prosa", o escolheu como o mais representativo escritor de sua geração, incluindo-o na galeria de fotos dos grandes prosadores brasileiros, iniciada por Machado de Assis.

Em 1968 Vilela mudou-se para São Paulo, para trabalhar como redator e repórter no *Jornal da Tarde*. No mesmo ano, foi premiado no I Concurso Nacional de Contos, do Paraná. Os contos dos vencedores foram reunidos e publicados em livro, com o título de *Os 18 Melhores Contos do Brasil*. Comentando-o no *Jornal de Letras*, Assis Brasil disse que Luiz Vilela era "a melhor revelação de contista dos últimos anos".

Ainda em 1968, um conto seu, "Por toda a vida", do *Tremor de Terra*, foi traduzido para o alemão e publicado na Alemanha Ocidental, numa antologia de modernos contistas brasileiros, *Moderne Brasilianische Erzähler*. No final do ano, convidado a participar de um programa internacional de escritores, o International Writing Program, em Iowa City, Iowa, Estados Unidos, Vilela viajou para esse país, lá ficando nove meses e concluindo o seu primeiro romance, *Os Novos*. Sobre a sua participação no programa, ele disse, numa entrevista ao *Jornal de Letras*: "Foi ótima, pois, além de uma boa bolsa, eu tinha lá todo o tempo livre, podendo fazer o que quisesse: um regime de vida ideal para um escritor."

Dos Estados Unidos, Vilela foi para a Europa, percorrendo vários países e fixando-se por algum tempo na Espanha, em

Barcelona. Seu segundo livro, *No Bar*, de contos, foi publicado no final de 1968. Dele disse Macedo Miranda, no *Jornal do Brasil*: "Ele escreve aquilo que gostaríamos de escrever." No mesmo ano, Vilela foi premiado no II Concurso Nacional de Contos, do Paraná, ocasião em que Antonio Candido, que fazia parte da comissão julgadora, observou sobre ele: "A sua força está no diálogo e, também, na absoluta pureza de sua linguagem."

Voltando ao Brasil, Vilela passou a residir novamente em sua cidade natal, próximo da qual comprou depois um sítio, onde passaria a criar vacas leiteiras. "Gosto muito de vacas", disse, mais tarde, numa entrevista que deu ao *Folhetim*, da *Folha de S.Paulo*. "Não só de vacas: gosto também de cavalos, porcos, galinhas, tudo quanto é bicho, afinal, de borboleta a elefante, passando obviamente por passarinhos, gatos e cachorros. Cachorro, então, nem se fala, e quem conhece meus livros já deve ter notado isso."

Em 1970 o terceiro livro, também de contos, *Tarde da Noite*, e, aos 27 anos, a consagração definitiva como contista. "Um dos grandes contistas brasileiros de todos os tempos", disse Wilson Martins, no *Estado de S. Paulo*. "Exemplos do grande conto brasileiro e universal", disse Hélio Pólvora, no *Jornal do Brasil*. E no *Jornal da Tarde*, em artigo de página inteira, intitulado "Ler Vilela? Indispensável", Leo Gilson Ribeiro dizia, na chamada: "Guimarães, Clarice, Trevisan, Rubem Fonseca. Agora, outro senhor contista: Luiz Vilela."

Em 1971 saiu *Os Novos*. Baseado em sua geração, o livro se passa logo após a Revolução de 64 e teve, por isso, dificuldades para ser publicado, pois o país vivia ainda sob a ditadura militar, e os editores temiam represálias. Publicado, finalmente, por uma pequena editora do Rio, ele recebeu dos mais violentos ataques aos mais exaltados elogios. No *Suple-*

*mento Literário* do *Minas Gerais*, Luís Gonzaga Vieira o chamou de "fogos de artifício", e, no *Correio da Manhã*, Aguinaldo Silva acusou o autor de "pertinaz prisão de ventre mental". Pouco depois, no *Jornal de Letras*, Heraldo Lisboa observava: "Um soco em muita coisa (conceitos e preconceitos), o livro se impõe quase em fúria. (É por isso que o temem?)" E Temístocles Linhares, em *O Estado de S. Paulo*, constatava: "Se não todos, quase todos os problemas das gerações, não só em relação à arte e à cultura, como também em relação à conduta e à vida, estão postos neste livro." Alguns anos depois, Fausto Cunha, no *Jornal do Brasil*, em um número especial do suplemento *Livro*, dedicado aos novos escritores brasileiros, comentou sobre *Os Novos*: "É um romance que, mais dia, menos dia, será descoberto e apreciado em toda a sua força. Sua geração ainda não produziu nenhuma obra como essa, na ficção."

Em 1974 Luiz Vilela ganhou o Prêmio Jabuti, da Câmara Brasileira do Livro, para o melhor livro de contos de 1973, com *O Fim de Tudo*, publicado por uma editora que ele, juntamente com um amigo, fundou em Belo Horizonte, a Editora Liberdade. Carlos Drummond de Andrade leu o livro e escreveu ao autor: "Achei 'A volta do campeão' uma obra-prima."

Em 1978 aparece *Contos Escolhidos*, a primeira de uma dúzia de antologias de seus contos — *Contos*, *Uma Seleção de Contos*, *Melhores Contos – Luiz Vilela* etc. —, que, por diferentes editoras, apareceriam nos anos seguintes. Na revista *IstoÉ*, Flávio Moreira da Costa comentou: "Luiz Vilela não é apenas um contista do Estado de Minas Gerais: é um dos melhores ficcionistas de história curta do país. Há muito tempo, muita gente sabe disso."

Em 1979 Vilela publicou, ao longo do ano, três novos livros: *O Choro no Travesseiro*, novela, *Lindas Pernas*, contos, e *O Inferno É Aqui Mesmo*, romance. Sobre o primeiro, disse Duílio

Gomes, no *Estado de Minas*: "No gênero novela ele é perfeito, como nos seus contos." Sobre o segundo, disse Manoel Nascimento, na *IstoÉ*: "Agora, depois de *Lindas Pernas* (sua melhor coletânea até o momento), nem os mais céticos continuarão resistindo a admitir sua importância na renovação da prosa brasileira." Quanto ao terceiro, o *Inferno*, escrito com base na sua experiência no *Jornal da Tarde*, ele, assim como acontecera com *Os Novos,* e por motivos semelhantes, causou polêmica. No próprio *Jornal da Tarde*, Leo Gilson Ribeiro disse que o livro não era um romance, e sim "uma vingança pessoal, cheia de chavões". Na entrevista que deu ao *Folhetim*, Vilela, relembrando a polêmica, foi categórico: "Meu livro não é uma vingança contra ninguém, nem contra nada. É um romance, sim. Um romance que, como as minhas outras obras de ficção, criei partindo de uma realidade que eu conhecia, no caso o *Jornal da Tarde*." Comentando o livro na revista *Veja*, Renato Pompeu sintetizou a questão nestas palavras: "O livro é importante, tanto esteticamente como no nível de documento, e sua leitura é indispensável."

Ituiutaba, uma cidade de porte médio, situada numa das regiões mais ricas do país, o Triângulo Mineiro, sofrera na década de 1970, como outras cidades semelhantes, grandes transformações, o que iria inspirar a Vilela seu terceiro romance, *Entre Amigos*, publicado em 1982 e tão elogiado pela crítica. "*Entre Amigos* é um romance pungente, verdadeiro, muito bem escrito, sobretudo isso", disse Edilberto Coutinho, na revista *Fatos e Fotos*.

Em 1989 saiu *Graça*, seu quarto romance e décimo livro. *Graça* foi escolhido como o "livro do mês" da revista *Playboy*, em sua edição de aniversário. "Uma narração gostosa e envolvente, pontuada por diálogos rápidos e costurada com um fino bom humor", disse, na apresentação dos capítulos publicados, a editora da revista, Eliana Sanches. Na *Folha da Tarde*, depois, Luthero Maynard comentou: "Vilela constrói seus personagens com uma tal consistência psicológica e existencial, que a empatia com o leitor é quase imediata, cimentada pela elegância e extrema fluidez da linguagem, que o colocam entre os mais importantes escritores brasileiros contemporâneos."

No começo de 1990, a convite do governo cubano, Luiz Vilela passou um mês em Cuba, como jurado de literatura brasileira do Premio Casa de las Américas. Em junho, ele foi escolhido como O Melhor da Cultura em Minas Gerais no ano de 1989 pelo jornal *Estado de Minas*, na sua promoção anual "Os Melhores".

No final de 1991 Vilela esteve no México, como convidado do VI Encuentro Internacional de Narrativa, que reuniu escritores de várias partes do mundo para discutir a situação da literatura atual.

Em 1994, no dia 21 de abril, ele foi agraciado pelo governo mineiro com a Medalha da Inconfidência. Logo depois esteve na Alemanha, a convite da Haus der Kulturen der Welt, fazendo leituras públicas de seus escritos em várias cidades. No fim do ano publicou a novela *Te Amo Sobre Todas as Coisas*, a respeito da qual André Seffrin, no *Jornal do Brasil*, escreveu: "Em *Te Amo Sobre Todas as Coisas* encontramos o Luiz Vilela de sempre, no domínio preciso do diálogo, onde é impossível descobrir uma fresta de deslize ou notação menos adequada."

Em 1996 foi publicada na Alemanha, pela Babel Verlag, de Berlim, uma antologia de seus contos, *Frosch im Hals*. "Um autor que pertence à literatura mundial", disse, no prefácio, a tradutora, Ute Hermanns. No final do ano Vilela voltou ao México, como convidado do XI Encuentro Internacional de Narrativa.

Em 2000 um conto seu, "Fazendo a barba", foi incluído na antologia Os Cem Melhores Contos Brasileiros do Século, e um curta-metragem, Françoise, baseado no seu conto homônimo e dirigido por Rafael Conde, deu a Débora Falabella, no papel principal, o prêmio de melhor atriz na categoria curtas do Festival de Cinema de Gramado. Ainda no mesmo ano, foi publicado o livro O Diálogo da Compaixão na Obra de Luiz Vilela, de Wania de Sousa Majadas, primeiro estudo completo de sua obra.

Em 2001 a TV Globo levou ao ar, na série Brava Gente, uma adaptação de seu conto "Tarde da noite", sob a direção de Roberto Farias, com Maitê Proença, Daniel Dantas e Lília Cabral.

Em 2002, depois de mais de vinte anos sem publicar um livro de contos, Luiz Vilela lançou A Cabeça, livro que teve extraordinária recepção de crítica e de público e foi incluído por vários jornais na lista dos melhores lançamentos do ano. "Os diálogos mais parecidos com a vida que a literatura brasileira já produziu", disse Sérgio Rodrigues, no Jornal do Brasil.

Em 2003 Tremor de Terra integrou a lista das leituras obrigatórias do vestibular da UFMG. A Cabeça foi um dos dez finalistas do I Prêmio Portugal Telecom de Literatura Brasileira e finalista também do Prêmio Jabuti. Vários contos de Vilela foram adaptados pela Rede Minas para o programa Contos de Minas. Também a TV Cultura, de São Paulo, adaptou três contos seus, "A cabeça", "Eu estava ali deitado" e "Felicidade", para o programa Contos da Meia-Noite, com, respectivamente, os atores Giulia Gam, Matheus Nachtergaele e Paulo César Pereio. E um outro conto, "Rua da amargura", foi adaptado, com o mesmo título, para o cinema, por Rafael Conde, vindo a ganhar o prêmio de melhor curta do Festival de Cinema de Brasília. O cineasta adaptaria depois, em novo curta, um terceiro conto, "A chuva nos telhados antigos", formando com ele a "Trilogia Vilela". Ainda em 2003, o governo mineiro concedeu a Luiz Vilela a Medalha Santos Dumont, Ouro.

Em 2004, numa enquete nacional realizada pelo caderno *Pensar*, do *Correio Braziliense*, entre críticos literários, professores universitários e jornalistas da área cultural, para saber quais "os 15 melhores livros brasileiros dos últimos 15 anos", *A Cabeça* foi um dos escolhidos. No fim do ano a revista *Bravo!*, em sua "Edição 100", fazendo um ranking dos 100 melhores livros de literatura, nacionais e estrangeiros, publicados no Brasil nos últimos oito anos, levando em consideração "a relevância das obras, sua repercussão entre a crítica e o público e sua importância para o desenvolvimento da cultura no país", incluiu *A Cabeça* em 32.º lugar.

Em 2005, em um número especial, "100 Livros Essenciais" — "o ranking da literatura brasileira em todos os gêneros e em todos os tempos" —, a *Bravo!* incluiu entre os livros o *Tremor de Terra*, observando que o autor "de lá para cá, tornou-se referência na prosa contemporânea". E a revista acrescentava: "Enquanto alguns autores levam tempo para aprimorar a escrita, Vilela conseguiu esse feito quando tinha apenas 24 anos."

Em 2006 — ano em que Luiz Vilela completou 50 anos de atividade literária — saiu sua novela *Bóris e Dóris*. "Diferentemente dos modernos tagarelas, que esbanjam palavrório (somente para... esbanjar palavrório), Vilela entra em cena para mostrar logo que só quer fazer o que sabe fazer como poucos: contar uma história", escreveu Nelson Vasconcelos, em *O Globo*.

Com o lançamento de *Bóris e Dóris*, a Editora Record, nova casa editorial de Vilela, deu início à publicação de toda a sua obra. Comentando o fato no *Estado de Minas*, disse João Paulo: "Um conjunto de livros que, pela linguagem, virtuosismo do estilo e ética corajosa em enfrentar o avesso da vida, constitui um momento marcante da literatura brasileira contemporânea."

Em 2008 a Fundação Cultural de Ituiutaba criou a Semana Luiz Vilela, com palestras sobre a obra do escritor, exibição de filmes, exposição de fotos, apresentações de teatro, lançamentos de livros etc., tendo já sido realizadas quatro semanas.

Em 2011 o Concurso de Contos Luiz Vilela, promoção anual da mesma fundação, chegou à 21.ª edição, consolidando a sua posição de um dos mais duradouros concursos literários brasileiros e um dos mais concorridos, com participantes de todas as regiões do Brasil e até do exterior.

Ainda em 2011, um grupo de professores e alunos da Universidade Federal de Mato Grosso do Sul, campus de Três Lagoas, criou o Grupo de Pesquisa Luiz Vilela, destinado ao estudo e à divulgação da obra do escritor.

No final de 2011 Luiz Vilela publicou o romance *Perdição*. Sobre ele disse Hildeberto Barbosa Filho, no jornal *A União*: "É impossível ler essa história e não parar para pensar. Pensar no mistério da vida, nos desconhecidos que somos, nos imponderáveis que cercam os passos de cada um de nós." *Perdição* foi finalista do Prêmio São Paulo de Literatura e do Prêmio Portugal Telecom de Literatura, e recebeu o Prêmio Literário Nacional PEN Clube do Brasil 2012.

Em 2013 saiu *Você Verá*, sua sétima coletânea de contos. Em *O Globo*, José Castello comentou: "Narrativas secas, diretas, sem adjetivos, sem descrições inúteis, sem divagações prolixas, que remexem diretamente no estranho e inconstante coração do homem." *Você Verá* recebeu o Prêmio ABL de Ficção, concedido pela Academia Brasileira de Letras ao melhor livro de ficção publicado no Brasil em 2013, e o 2.º lugar na categoria contos do Prêmio Jabuti.

Em 2015, sob o título de "Meio Século de Estória", com depoimentos, contos e fotos, o Suplemento Literário de Minas Gerais lançou uma edição especial de seu *Suplemento*, comemorando os 50 anos de criação da revista *Estória*.

Em 2016, foi lançada a segunda edição de *O Fim de Tudo*. Na *Folha de Londrina*, Marcos Losnak, a propósito do livro, observou: "Há um bom tempo se tornou impossível falar do gênero conto na literatura brasileira sem falar de Luiz Vilela."

Ainda em 2016, saiu sua novela *O Filho de Machado de Assis*. Comentando-a no tabloide *Pernambuco*, Raimundo Carrero disse: "Nunca esqueça, Luiz Vilela é um escritor muito perigoso, justamente por causa da habilidade, da astúcia e da ironia."

Em 2017, *Tremor de Terra*, primeiro livro de Luiz Vilela, completou 50 anos de publicação e teve sua 10ª edição lançada pela Editora Record.

Em 2018, foi publicado o livro *O Silêncio Incessante em Narrativas de Luiz Vilela*, de Yvonélio Nery Ferreira, originalmente sua tese de doutorado.

Em 2019, organizado por três professores universitários, saiu o livro *Luiz Vilela*, com dez artigos sobre o escritor, de autoria de acadêmicos ligados a diferentes instituições de ensino.

Em 2021, foi lançado o *50 Contos*, uma reunião de antologias anteriormente publicadas por Luiz Vilela e há muito esgotadas. Em matéria de duas páginas sobre o lançamento, o *Estado de Minas* trouxe os comentários de várias pessoas de destaque no meio cultural de Belo Horizonte, entre as quais Afonso Borges, criador do projeto Sempre um Papo. Sobre Vilela, disse então Afonso: "Isolado em Ituiutaba, tornou-se, em vida, um clássico."

Luiz Vilela já foi traduzido para diversas línguas. Seus contos figuram em inúmeras antologias, nacionais e estrangeiras, e numa infinidade de livros didáticos. No todo ou em parte, sua obra tem sido objeto de constantes estudos, aqui e no exterior, e já foi tema de várias dissertações de mestrado e teses de doutorado.

Pai de um filho, Luiz Vilela reside em sua cidade natal, onde se dedica inteiramente à literatura.

*Tremor de Terra* (contos). Belo Horizonte, edição do autor, 1967. 11ª edição, Rio de Janeiro, Record, 2018.

*No Bar* (contos). Rio de Janeiro, Bloch, 1968. 2ª edição, São Paulo, Ática, 1984.

*Tarde da Noite* (contos). São Paulo, Vertente, 1970. 5ª edição, São Paulo, Ática, 1999.

*Os Novos* (romance). Rio de Janeiro, Gernasa, 1971. 3ª edição, Rio de Janeiro, Record, 2023.

*O Fim de Tudo* (contos). Belo Horizonte, Liberdade, 1973. 2ª edição, Rio de Janeiro, Record, 2015.

*Contos Escolhidos.* Rio de Janeiro, Francisco Alves, 1978. 2ª edição, Porto Alegre, Mercado Aberto, 1985.

*Lindas Pernas* (contos). São Paulo, Cultura, 1979.

*O Inferno É Aqui Mesmo* (romance). São Paulo, Ática, 1979. 3ª edição, São Paulo, Círculo do Livro, 1988.

*O Choro no Travesseiro* (novela). São Paulo, Cultura, 1979. 9ª edição, São Paulo, Atual, 2000.

*Entre Amigos* (romance). São Paulo, Ática, 1983.

*Uma Seleção de Contos.* São Paulo, Nacional, 1986. 2ª edição, reformulada, São Paulo, Nacional, 2002.

*Contos.* Belo Horizonte, Lê, 1986. 4ª edição, introdução de Miguel Sanches Neto, São Paulo, Scipione, 2010.

*Melhores Contos – Luiz Vilela.* Introdução de Wilson Martins. São Paulo, Global, 1988. 3ª edição, São Paulo, Global, 2001.

*O Violino e Outros Contos.* São Paulo, Ática, 1989. 7ª edição, São Paulo, Ática, 2007.

*Graça* (romance). São Paulo, Estação Liberdade, 1989.

*Te Amo Sobre Todas as Coisas* (novela). Rio de Janeiro, Rocco, 1994.

*Contos da Infância e da Adolescência*. São Paulo, Ática, 1996. 4ª edição, São Paulo, Ática, 2007.

*Boa de Garfo e Outros Contos*. São Paulo, Saraiva, 2000. 4ª edição, São Paulo, Saraiva, 2010. 6ª tiragem, 2014.

*Sete Histórias* (contos). São Paulo, Global, 2000. 3ª edição, São Paulo, Global, 2001. 1ª reimpressão, 2008.

*Histórias de Família* (contos). Introdução de Augusto Massi. São Paulo, Nova Alexandria, 2001.

*Chuva e Outros Contos*. São Paulo, Editora do Brasil, 2001.

*Histórias de Bichos* (contos). São Paulo, Editora do Brasil, 2002.

*A Cabeça* (contos). São Paulo, Cosac & Naify, 2002. 1ª reimpressão, São Paulo, Cosac & Naify, 2002. 2ª reimpressão, 2012.

*Bóris e Dóris* (novela). Rio de Janeiro, Record, 2006.

*Contos Eróticos*. Belo Horizonte, Leitura, 2008.

*Sofia e Outros Contos*. São Paulo, Saraiva, 2008. 4ª tiragem, 2014.

*Amor e Outros Contos*. Erechim, RS, Edelbra, 2009.

*Três Histórias Fantásticas* (contos). Introdução de Sérgio Rodrigues. São Paulo, Scipione, 2009. 2ª edição, São Paulo, SESI-SP Editora, 2016.

*Perdição* (romance). Rio de Janeiro, Record, 2011.

*Você Verá* (contos). Rio de Janeiro, Record, 2013. 2ª edição, Rio de Janeiro, Record, 2014.

*A Feijoada e Outros Contos*. São Paulo, SESI-SP Editora, 2014.

*O Filho de Machado de Assis* (novela). Rio de Janeiro, Record, 2016.

*50 Contos*. São Paulo, Faria e Silva Editora, 2021.

Este livro foi composto na tipografia
Caecilia LT Std, em corpo 10,5/16,5, e impresso em
papel off-white no Sistema Digital Instant Duplex
da Divisão Gráfica da Distribuidora Record.